Hörig

Das Buch

Gegen diese Liebe ist sie machtlos. Er, der Egozentriker, Frauenheld und Computersex-Fanatiker, berührt sie, wie es noch keinem Mann gelungen ist. Doch nach einem furiosen Anfang, nach gemeinsamen Tagen voller Magie, beginnt er, sich von ihr zu lösen – und je stärker sie ihn liebt, je verzweifelter sie ihm wieder nahezukommen versucht, desto mehr zieht er sich zurück. Sie versucht ihn zu verstehen, stellt seine Lust an der Pornographie neben ihre Vergangenheit als Callgirl, analysiert jede seiner Äußerungen und Handlungen – doch die Trennung ist unausweichlich …

Die Autorin

Nelly Arcan kam 1975 in der kanadischen Provinz Quebec zur Welt. Sie hat Literatur studiert und lebt als Schriftstellerin in Montreal. Ihr Roman *Hure* war in Frankreich ein Bestseller und machte sie international bekannt.

Nelly Arcan

Hörig

Roman

Aus dem Französischen
von Brigitte Große

List Taschenbuch

Besuchen Sie uns im Internet:
www.list-taschenbuch.de

Die Autorin dankt dem Conseil des Arts et des Lettres du Quebec für seine finanzielle Unterstützung.

Die Arbeit der Übersetzerin wurde vom deutschen Übersetzerfonds gefördert.

Dieses Taschenbuch wurde auf FSC-zertifiziertem Papier gedruckt. FSC (Forest Stewardship Council) ist eine nichtstaatliche, gemeinnützige Organisation, die sich für eine ökologische und sozialverantwortliche Nutzung der Wälder unserer Erde einsetzt.

Ungekürzte Ausgabe im List Taschenbuch
List ist ein Verlag der Ullstein Buchverlage GmbH, Berlin.
1. Auflage Januar 2007

Titel der französischen Originalausgabe: Folle (Éditions du Seuil, Paris)
Umschlaggestaltung und Konzeption: RME Roland Eschlbeck und Kornelia Bunkofer
Nach einer Vorlage von www.formvorrat.de
Titelabbildung: »les amoureux« aus »requiem« © 2003 www.formvorrat.de
Satz: LVD GmbH, Berlin
Gesetzt aus der Goudy
Papier: Munkenprint von Arctic Paper Munkedals AB, Schweden
Druck und Bindearbeiten: Clausen & Bosse, Leck
Printed in Germany
ISBN-13: 978-3-548-60697-2
ISBN-10: 3-548-60697-0

Im Nova, Rue Saint-Dominique, wo wir uns zum ersten Mal begegnet sind, konnte niemand etwas für das Fiasko. Hätte ich das vorher gewußt, wie man so sagt, ohne zu sagen, was man eigentlich hätte wissen sollen, und ohne zu bedenken, daß Vorherwissen die schlimmsten Dinge heraufbeschwören kann, wäre also aus den Tarotkarten meiner Tante die Haarfarbe der Rivalinnen ersichtlich gewesen, die mich am Wendepunkt erwartet haben, und hätte man aus dem Jahr meiner Geburt berechnen können, daß du mir seit dem Nova nicht mehr aus dem Kopf gehen würdest, dann ... An diesem Abend in der Rue Saint-Dominique habe ich mich sofort in dich verliebt, ohne zu bedenken, daß mein Ende seit meinem fünfzehnten Geburtstag feststand, ohne zu bedenken, daß du der letzte Mann in meinem Leben sein würdest und ich womöglich ohne dich in den Tod gehen müßte. Als wir uns besser kannten, wurde die Ungerechtigkeit, daß du eine Zukunft hattest, zwischen uns zum Problem.

Heute weiß ich, daß ich mich wegen deines französischen Akzents in dich verliebte, so sprechen die Dichter und Denker, die vom anderen Ende der Welt kommen und unsere Schulen bevölkern, doch dein Akzent war besonders, er war durch die Jahre deines Aufenthalts in Quebec geprägt und unterschied dich von den anderen, von den Quebecern wie von den Franzosen, er machte dich zu einem Sprachrohr, wie mein Großvater über seine Propheten sagte. Wäre mein Großvater übrigens im Nova, Rue Saint-Dominique, gewesen, hätte er mich in deine Arme gestoßen, um dem Fiasko mehr Schwung zu verleihen; mein Großvater glaubte an die Schönheit des Scheiterns. Er war 1902 geboren und Landwirt, er kämpfte mit dem Boden und gegen drohende Mißernten, er war auf den Beistand des Himmels angewiesen, wenn er seine Familie ernähren wollte, und erwartete standhaft den Weltuntergang, das war sein großes Dilemma.

Dein Akzent gab unserer Begegnung eine Chance. Als ich klein war, hat mein Vater jedes Buch zweimal gelesen, beim zweiten Mal las er es vor. Dadurch bekam die Geschichte für ihn mehr Gewicht, als ob seine Stimme die Worte prüfte, als ob er eine Botschaft von außerhalb erhielte. Wenn mein Vater vorlas und dabei im Wohnzimmer auf und ab ging, das Buch mit ausgestreckten Armen von sich haltend wie einen Widersacher, war er wie mein Großvater: Er suchte den Text zwischen den Zeilen und fand Gott.

Daß du an diesem Abend mit deinem Akzent zu mir sprachst, bedeutete, daß jemand vor meinem Tod zu mir sprechen sollte, wie noch niemand zu mir gesprochen hatte, und das hieß, daß dein Mund dem Leben einen neuen Sinn einhauchen würde. Da wußte ich noch nicht, daß du zwar tatsächlich zu mir sprechen würdest, wie kein anderer Mann je zu mir gesprochen hatte, aber doch so, wie ich es erwartet hatte, und nicht, wie unersättlich liebende Frauen es erwarten, die durch den Mund ihrer Männer sich selbst verstehen wollen. Ich wußte nicht, daß auch ich ständig auf eine Weise zu dir sprechen würde, die du noch nicht kanntest, und daß du mich eben deshalb verlassen würdest, weil ich dir so verbissen alles sagen und dir die Welt auf den Rücken laden wollte, um dich zu fangen.

Zu deinem Akzent kam noch einiges hinzu, sicher deine eins neunzig Größe, deine riesigen Hände und die Augen, die so dunkel waren, daß man die Pupille nicht sah. Als kleines Mädchen habe ich mich in einen Jungen verliebt, weil er einen so ausgefallenen Namen hatte, er hieß Sébastien Sébapcédis. In meinem ganzen Leben ist mir dieser Name nicht mehr untergekommen. Mein Großvater sagte, daß man nur aus kindischen und haltlosen Gründen liebt und wegen dieser wackligen Basis der Gefühle Gott gegenüber den Glauben braucht.

Unsere Geschichte entstand aus einem Mißverständnis über die Einzelheiten und nahm ein tragisches Ende, doch das ist in der Vergangenheit schon anderen passiert. Aschenputtels Prinz zum Beispiel hat sie mit ihrem Schuh quer durch sein ganzes Reich verfolgt und damit nur zu erkennen gegeben, daß ihr Gesicht ihm fremd geblieben war, obwohl er mit ihr Walzer getanzt hatte bis Mitternacht. Jeder x-Beliebige hätte schon aufgrund dieser Information das schlechte Ende vorhersehen können, meine ich. Wenn Eltern einmal gelernt haben werden, ehrlich zu ihren Kindern zu sein, werden sie ihnen sagen, daß aus der Begegnung des Prinzen mit Aschenputtels Fuß nichts herauskam als zahlreiche Kinder im Haus, und daß die Tragik der Geschichte in ihrem Ende liegt, der Zahl der Kinder. Wenn Eltern endlich ehrlich sind, werden sie ihren Kindern sagen, daß im Märchen so der Lebensüberdruß kaschiert wird: Zeugung und Schluß.

Auch du hast dich in mich verliebt, aber nicht gleich, weil bei dir die Liebe nach dem Ficken kommt oder auf ewig dort bleibt, wo sie sich beim letzten Mal niedergelassen hat, in den Händen von Nadine zum Beispiel, die instinktiv wußte, wie sie dich wichsen mußte, oder zwischen ihren Schenkeln. Brünette fühlen sich wohl in ihrer Haut und sind viel schärfer als Blondinen, hast du einmal gesagt, ohne zu bedenken, daß ich weder blond noch brünett war. Angeblich muß ein Mann eine Frau mindestens zehnmal ficken, um sich in sie zu verlieben, und noch öfter, um sie in der Öffentlichkeit Schatz zu nennen, das steht jede Woche in irgendeinem Modemagazin, Ficken ist die Grundlage der Beziehung. Nach ein, zwei Monaten war deine Liebe zu Ende, und als ich mir die Haare blondierte, um in deinem Denken über Frauen vorzukommen, war ich schon froh, daß du mich noch gefickt hast.

Du hast mich geliebt, aber die zeitliche Verschiebung gegenüber meiner Liebe, die von Anfang an da war, gab deiner Liebe einen Anstrich von Arbeit; du mußtest deinen Teil dazu beitragen, du mußtest dich dazu überreden. Arbeit hatte bei dir immer einen großen Stellenwert, in der Liebe und überhaupt, das hast du mir am Abend deines Abgangs selbst gesagt. Du willst dich auf deine Karriere konzentrieren, hast du an diesem Abend gesagt, und daß ich dich Kraft koste und du dir diese Belastung lieber ersparen würdest, du hast das unter energetischen Gesichtspunkten betrachtet.

Du warst nicht der erste, der so zu mir sprach. Ich habe schon oft gehört, daß ich anstrengend bin, und hätte gern gewußt, was es bedeutet. Daß es kein Kompliment war und nichts Gutes verhieß, war mir klar, auch wenn manche Männer meinten, hinter meiner Unnahbarkeit eine geheimnisvolle Anziehungskraft zu spüren. Wenn sie mich anstrengend nannten, hieß das für mich immer, sie dankten ab, es war ein Abschied, das Geheimnis sollte ein Geheimnis bleiben. Wenn ich heute zurückdenke, bin ich wahrscheinlich nur auf den Strich gegangen, um einfacher zu werden, der Beruf der Hure erfordert sofortige Offenheit, im Web wurde ich dafür früher oft gelobt. Ich sei open minded, hieß es. In diesem Beruf muß sich der Geist vor allem anderen öffnen.

Wir hatten auch schöne Momente miteinander. Ein, zwei Monate nach unserer ersten Begegnung im Nova war die Liebe gegenseitig. Da gab es magnetische Augenblicke, wo wir uns nicht mehr die Mühe geben mußten, unsere Sätze zu vollenden, so genau wußte der eine, wohin der andere wollte. Das war die Phase der

Selbstbetrachtung im anderen. Dann gab es eine kurze Periode, in der wir uns über alles verständigen konnten, sogar darüber, daß Männer und Frauen einander nicht verstehen. Ich erinnere mich noch an das Buch, das du damals gelesen hattest, da kamen die Männer vom Mars und die Frauen von der Venus, und ich erinnere mich, wie darin sämtliche Mißverständnisse lang und breit erklärt werden, und daraus hast du geschlossen, wir seien ein typisches Paar: Kaum waren wir zusammen, verhielt sich jeder seinem Geschlecht gemäß.

Dann passierte etwas zwischen uns, das kein Zufall war, sondern das Ergebnis einer Reihe von Vorfällen, ich glaube, man nennt das Abnützungserscheinungen. Kurz bevor du mich verlassen hast, wurde ich schwanger, ohne es dir zu sagen, und habe hinter deinem Rükken das Kind wegmachen lassen; es war das erste Mal, daß ich meine Gedanken vor dir verbarg. Ich wollte, bevor du mich verläßt, einmal etwas ganz alleine schaffen. Ich glaube, ich hatte aus lauter Angst davor, daß du mich verlassen könntest, die Märchen vergessen, die dummerweise immer mit Kindern enden, und ich hatte vergessen, daß mir nur noch wenig Zeit zum Leben blieb. Ich glaube, es war der Geist der Rache, der mir die Überlegung eingab, du müßtest mit diesem Kind bezahlen, weil ich sonst für immer an dir klebenbleiben würde, mein Gott, wie ich die Stärke der Männer hasse, die nie betroffen sind, mein Gott, wäre ich gern ein Mann, um solche Sachen nicht sagen zu müssen.

Etwas in mir fehlte. Ich sage das, weil im Tarot meiner Tante nie etwas über mich stand, sie konnte mir die Zukunft nicht vorhersagen, selbst als ich noch ein kleines Mädchen war, unbeschadet von der Pubertät. Für manche Menschen beginnt die Zukunft nie oder erst ab einem bestimmten Alter, glaube ich. Wenn ich zu meiner Tante kam, verstummte das Tarot. Es war nur noch ein Haufen Karten, durch meine Gegenwart enttarnt. Meine Tante hat mir das aus Taktgefühl nie verraten, aber ich weiß, daß sie es mir zuschrieb, wenn ihr Tarot seine dritte Dimension verlor, ich weiß, daß sie in meiner Gegenwart nichts anderes sah als Karten einer bestimmten Größe, den Dreck auf dem weißen Kunststoffüberzug und das Klischeehafte der Figuren, eine schweigende Ansammlung von Linien und Farben. Es gab keinen Unterschied mehr zwischen ihrem Tarot und dem Kalender an der Wand, beide lieferten Informationen über Raum und Zeit, und dem war nichts hinzuzufügen. Nicht mein Leben, sondern der Stoff der Zukunft selbst verlor für sie seinen Sinn. Durch meine Existenz stellte ich meine Tante in Frage, sie litt sicher darunter, daß ihr Tarot nicht in der Lage war, Zweifel, Passivität und die gefrorene Zeit von Menschen darzustellen, die ihrem Tod ins Auge sehen.

Ich habe an meinem fünfzehnten Geburtstag beschlossen, mich an meinem dreißigsten Geburtstag umzubringen, vielleicht hat das auch mit dem Tarot zu tun, das gegen die Selbstbestimmung der Menschen machtlos ist.

Mit der Zeit machte die Angst, nichts in den Karten zu sehen, meine Tante verwirrt und unkonzentriert. Sie hatte Selbstzweifel, vielleicht empfand sie durch mich den Schrecken jener Männer, die im Bett keinen hochkriegen. Das Ganze war uns beiden natürlich peinlich, es bedeutete, daß mein ganzes Leben lang mit mir etwas nicht stimmte, es bedeutete, daß schon bei meiner Geburt etwas schiefgelaufen sein mußte, zum Beispiel, daß meine Mutter aufgrund offizieller ärztlicher Verlautbarungen einen Sohn erwartet hatte und von dem Zeitpunkt an, da sie mich zum ersten Mal in den Armen hielt und ich mir die Lunge aus dem Leib schrie, damit sie mich nicht fallenließ, an meinem Geschlecht zweifelte. Vielleicht sind meine ersten Erinnerungen deshalb hellblau, auf manchen Fotos im großen Familienalbum sieht man, daß mein Zimmer hellblau tapeziert war, und die Puppen, die ich auf anderen Fotos im Arm hielt, sahen auch irgendwie komisch aus, finde ich.

Als wir uns zum ersten Mal im Nova trafen, wurde ich Punkt Mitternacht neunundzwanzig. Das Problem zwischen uns lag bei mir, es war der auf meinen dreißigsten Geburtstag festgelegte Selbstmord. Wenn du mich nicht verlassen hättest, sondern geliebt bis zum Abend meines dreißigsten Geburtstags, wärst du für dein ganzes Leben von meinem Tod gezeichnet gewesen, nicht weil du die plötzliche Einsamkeit nicht ertragen hättest, nicht weil du nie wieder eine andere hättest lieben können ohne die Furcht, daß deine Liebe auch sie töten könnte, sondern weil dir durch meinen Tod bewußt geworden wäre, daß ich entwischt bin und alle Antworten mit mir genommen habe, und weil du bei jeder Erinnerung an mich über meine Leiche gestolpert wärst. Deshalb ist man auf die Menschen, die sich umbringen, so böse: Sie haben immer das letzte Wort.

Wir haben darüber nie gesprochen. Du hast mir beigebracht, daß es viel Intimeres gibt als den Arsch, daß man bestimmte Dinge im Leben, Verzweiflung zum Beispiel, nicht teilen kann und diese Last allein tragen muß. Du hast mir viel von deinen Verflossenen erzählt, ich dir sehr wenig von meinen. Wenn man einen Mann kennenlernt, sollte man von ihm verlangen können, daß seine Ex-Freundinnen endgültig ex sind, man sollte deren Spuren aus seinem System löschen und Fotoalben und Briefe verbrennen dürfen. Doch über den Notausgang an meinem dreißigsten Geburtstag wurde nie gesprochen; du warst gesund, und wer gesund ist, ist nicht krank genug, sich vorzustellen, daß jemand seinen Tod vorausplanen könnte, gesunde Menschen laufen nicht hinter etwas her, das früher oder später auch ohne ihr Zutun passiert.

Das Thema ist für viele ein heißes Eisen, das weiß ich, denn als ich es mit fünfzehn meinen Eltern gegenüber einmal ansprach, haben sie mich gleich ins Krankenhaus gebracht. In dem Zimmer waren noch andere Mädchen, die auch davon geredet hatten, und eine von ihnen hatte es sogar schon versucht, kann ich mich erinnern, mit hundert Aspirin. Daß sie immer noch lebte, kam mir wie ein Wunder vor, wahrscheinlich weil mich die Zahl Hundert so beeindruckte, das mußte exakt die tödliche Dosis sein, der Punkt, an dem man ins Nichts zurückkehrt, sie hatte, wie ich mich auch erinnere, viele Neiderinnen.

Im Krankenhaus hörte ich, daß manche an der westlichen Welt krankende Mädchen es mit einer Überdosis Aspirin versuchen, andere magern so lange ab, bis sie an Unterernährung sterben. Laut Statistik dauerte Verhungern länger, war aber sicherer, Sterben in kleinen Schritten zahlte sich anscheinend langfristig aus. Außerdem führte es zu einer größeren Sichtbarkeit innerhalb der Familie, die sich neu organisieren mußte, um dem Sog des schwarzen Lochs zu widerstehen. Kaum aus dem Krankenhaus entlassen, wurde ich anorektisch.

Ich hörte im Krankenhaus auch, daß Jungen erfolgreicher Selbstmord verüben als Mädchen, die zu romantische Vorstellungen über das Sterben haben und deshalb öfter scheitern. So ziehen sie am Tag X ihr schönstes Kleid an und denken im voraus darüber nach, wie sie gefunden werden möchten. Sie plaudern auch viel und lassen ihre Absichten leichter durchblicken. Meist schreiben sie vorher wochenlang Briefe, kommen derweil auf andere Gedanken und verlieren schließlich den Mut, denn Schreiben bedeutet, die Umgebung teilhaben zu lassen, übrigens warnt man in den höheren Schulen Quebecs Eltern vor der Neigung ihrer Töchter zum Schreiben, wußtest du das? In einem Alter, wo Mädchen Musik hören und dazu Modemagazine lesen sollten, sei Schreiben bedenklich, es sei womöglich ein Hilferuf, die Mädchen hätten etwas zu sagen, könnten es aber nicht, das deute auf ein Kommunikationsproblem. Im Krankenhaus wurde ich in die Pädiatrie gesteckt. Anscheinend sagten alle, Ärzte, Familie, Nachbarn, Freunde und die Schule, dasselbe über mich, doch ich habe nie erfahren, was, weil es mir keiner sagte, wahrscheinlich war es »arm«, arm wie armes Mädchen, arm wie bescheuert, bedürftig, behindert. Seit dem Beginn der Moderne hat der Selbstmord seine heroische Seite verloren. Wenn mein Großvater noch lebte, würde er sagen, Selbsttötung sei heute keine Herausforderung Gottes mehr, sondern so etwas wie eine Panne; und wenn am Ende des Stricks nicht mehr die ewige Verdammnis drohe, habe man eben die Wahl.

Trotz unserer mißlungenen Rendezvous mit der Zukunft liebte meine Tante mich sehr. Wir hatten beide die gleiche große, gerade Nase, und wir waren beide von der Vorstellung angetan, daß die Toten genügend Zugriff auf die Materie hätten, um sich an den Lebenden zu rächen. Kaum hatte sie erfahren, daß ich im Krankenhaus war, kam sie mit ihrem Tarot zu Besuch. An meinem Bett fiel ihr ein, daß ich ja hier war, weil ich sterben wollte, und wenn es ihr wieder nicht gelänge, mir aus den Karten die Zukunft zu lesen, wäre das bestimmt ein schlechtes Omen, also ließ sie ihr Herz sprechen anstelle der Karten. Sie liebe mich wie eine Mutter, sagte sie, und daß ich ein Fall sei; ob ein besonderer oder ein hoffnungsloser, habe ich nie erfahren. Dann wollte sie jemand anders die Karten legen, weil das mitgebrachte Tarot bei so vielen Verzweifelten doch zu etwas nutze sein mußte, und verfiel in ihrem Mitleidsanfall auf das Mädchen mit den hundert Aspirin. Das große Kreuz, in dem Sonne und Mond einander gegenüberstanden, erleuchtete meine Tante, der mißlungene Selbstmordversuch würde zu einem Wendepunkt in dem Leben des Mädchens werden, erklärte sie; überlebt zu haben sei an und für sich ein Zeichen großer Leistungen, Ruhe und Liebe würden sie umgeben und Weiß, weiße Wände, weiße Kittel, die Farbe Weiß werde ihre Zukunft bestimmen. Sie habe ein langes Leben mit einem aufopferungsvollen Beruf vor sich, in dem sie zweifellos viel mit Menschen zu tun haben werde, als Ärztin wahrscheinlich oder als Hebamme, sie werde Leben retten oder es aus Mutterbäuchen ans Tageslicht holen, jedenfalls sei ihr voller Einsatz gefordert. Meine Zimmergenossin weinte die ganze Zeit wie ein Baby und gestand schließlich schluchzend, sie habe schon als Kind gedacht, sie würde einmal Krankenschwester wie ihre Mutter. Einen Monat später erfuhren wir, daß sie gleich nach ihrer Entlassung einen neuen Selbstmordversuch unternommen hatte, diesmal, indem sie sich mit Rasierklingen die Pulsadern aufschnitt. Man fand sie in einem weißen Kleid, mit einem Brief darauf.

Als du mich an dem Abend im Nova gesehen hast, war ich dir eine Länge voraus, denn du wußtest, wer ich war, und du kanntest meinen Ruf. Du wußtest um meine Vergangenheit als Hure und daß ich ein Buch geschrieben hatte, das sich auch verkaufte, deshalb hast du mich für ehrgeizig gehalten. Das erste Mal hattest du mich bei Christiane Charrette gesehen, als Ehrengast, neben mir stand Catherine Millet, hinter mir liefen Nacktfotos von ihr über den Bildschirm, du bist vor dem Fernseher gesessen und hast mir das Anstrengende, etwas Distanzierte angesehen, das schlecht zu dieser Fernsehsendung paßte, die mangelnde Begeisterung, öffentlich beichten zu dürfen. Du hast meine Zurückhaltung gesehen, wo Dankbarkeit, Einverständnis und Kooperation erwartet wurden. Du hast mich für arrogant gehalten und gedacht, daß ich über meinen Geschichten stehe, so empört wies ich Fragen zurück, und daß eine Frau wie ich sich nie für einen Mann wie dich interessieren würde; ich erfuhr in Frankreich Anerkennung, du hattest noch kein Buch publiziert, für dich war ich eine Frau, die es geschafft hat. Ich erschien dir so siegessicher in deiner Wohnzimmerecke, und für die Zeit dieser Sendung hast du sogar Nadine vergessen.

Daß du mich kanntest, bevor du mich kennengelernt hast, führte zu einem Mißverständnis. Als du mich zum ersten Mal sahst, hast du nicht bedacht, daß Menschen im Fernsehen größer wirken, weil Kameralinsen jedem die gleiche Möglichkeit bieten, den Raum zu füllen, und ihn so zum Mittelpunkt des Universums machen, der alle Blicke auf sich lenkt, wie die Sterne, die dein Vater durch sein Teleskop beobachtete; dein Vater war dem Kosmos verfallen, er stieg jeden Abend zu dem kleinen Unterstand auf dem Dach eures Hauses hinauf, um den letzten Moment der Sterne zu erhaschen, wenn sie explodierten, und ließ dich allein mit deinem Spielzeug und dem Wunsch, ihn zu beeindrucken. Du hast nicht bedacht, daß man auf dem Bildschirm viel größer wirkt als in Wirklichkeit und das Blau der Augen noch blauer und daß die Bühnenscheinwerfer der Haut den goldenen Schimmer des Erfolgs verleihen, mein Gott, was würde ich dafür geben, wenn du mich weiter so im Kopf behalten könntest, mein Gott, wieviel lieber wäre es mir gewesen, wenn wir uns nie getroffen hätten im Nova, Rue Saint-Dominique. Mein Großvater sagte, daß zwischen Liebe und Distanz eine enge Beziehung bestehe, deshalb habe Gott sich am Tag nach der Erschaffung des Menschen sehr weit in den Himmel zurückgezogen.

Als ich dich kennenlernte, lernte ich auch gleich deine drei Ex-Freundinnen kennen, Nadine, Annie und Annick, und bald auch die Massen von Mädchen aus dem Internet, die in deinem Rechner nach Kategorien abgelegt waren, all diese Schoolgirls, College Girls und Girls Nextdoor, Wild Girlfriends und die Stiefelmädchen, die du ganz besonders geil fandst, die Fuckmeboots. Durch dich habe ich gelernt, daß Women im Web eine Seltenheit sind.

Zwischen uns waren immer zuviele Menschen, das weiß ich heute, du hast aus meiner Vergangenheit als Hure alle möglichen Schlüsse gezogen, zum Beispiel, daß ich alles mitmache, wenn ich erst einmal daran gewöhnt bin. Du hast gedacht, du kannst den Freier spielen, und ich habe nichts dagegen. Meine Theorien über das Ungleichgewicht zwischen den Geschlechtern brachten dich zum Lachen. Wenn Gott den Eisprung an den Orgasmus gekoppelt hätte statt an einen eigenen Zyklus, der unabhängig ist vom Anstieg der Lust, dem Ausscheidungsdrang oder von Gemütszuständen, die die Eizelle an ihrer Befreiung hindern, sagte ich zum Beispiel, könnte es ein Gleichgewicht zwischen Männern und Frauen geben. Und wenn Frauen sich ihrer Fruchtbarkeit entladen könnten wie die Männer, würde keiner mehr einen hochkriegen, so beschäftigt wärt ihr dann mit dem Problem des weiblichen Ergusses, daß ihr stundenlang mit euren Freunden telefonieren und Boutiquen abklappern würdet, um euch sexy zu machen. Ich habe auch behauptet, daß die Bipolarität, die unser Universum beherrscht, weil sich alle Atome nach ihr ausrichten, und die alle paar Millionen Jahre Nord- und Südpol vertauscht, Männern ein weibliches Wesen verleihen könnte. Mein Großvater hätte sich, wenn er mich so reden gehört hätte, im Grab umgedreht, er glaubte nicht an die Evolution der menschlichen Art, er glaubte nur an ihr Verschwinden.

Vor mir hattest du nur Brünette. Damals war ich mir nicht sicher, aber heute weiß ich, daß das Blond, das ich mir jeden Monat in meine kastanienroten Haare schmierte, eine Bedeutung hatte für deine Liebe, die nach acht Monaten nicht mehr wußte, wohin, und schließlich zu den Frauen deiner Erinnerungen zurückkehrte. Ich sage das, weil es bestimmte Konstanten gibt bei deinen Frauen, die braunen Haare zum Beispiel und den mädchenhaften Klang ihrer Namen mit N und I, Nadine, Annie und Annick. Ich habe im Lauf meines Lebens schon mindestens zehn Namen getragen, doch du hast mich als Nelly kennengelernt, irre, wie sich das wiederholt, so als liefe alles auf die Nannie zu, den Inbegriff der Frau, die wahre Mutter mit Brüsten zum Stillen und Armen zum Wiegen am Anfang der Zeit und am Ursprung deiner Welt, warum sollten zwei kleine Buchstaben nicht der Code für deinen Schwanz sein und eine Haarfarbe die Antwort auf all deine Fragen? Ich habe auch überlegt, ob hinter den Namen der Männer, die ich liebte, ein anderer Name stand, der eines Patriarchen zum Beispiel, ein Name, der für meinen gemacht war, der den Entscheidungen meines Vaters entgegenstand und meinen schlimmsten Albträumen ein Ende setzte, der Name der großen Liebe, für die ich mein Leben geben würde, wie man so sagt, um Kindern begreiflich zu machen, daß man für die Liebe einen hohen Preis zahlt. Aber ich fand nichts, und vielleicht ist es besser so, denn wenn man sein Schicksal im Namen eines anderen sieht, zwingt einen das vielleicht zu leben. In meinem derzeitigen Zustand ist es mir lieber, wenn das Tarot meiner Tante weiter schweigt.

Im Nova wußten nur meine Freunde, wie ich wirklich hieß, für alle anderen war ich Nelly. So war der Name, mit dem ich zu dir kam, eine Fortsetzung der Namen aus deiner Vergangenheit. Dennoch blieb deine Liebe ein Mysterium, weil ich nicht brünett war, meine Haarfarbe paßte nicht ins Programm. Alle glauben, ich mache mir etwas vor, schließlich hat jeder schon von aufregenden Blondinen gehört oder von häßlichen Brünetten, mit denen man nicht reden kann, aber sie bedenken dabei nicht, daß die Schönheit einer Frau nutzlos ist, wenn sie den Wünschen eines Mannes nicht entspricht, so daß die schönste Blondine einen Mann mit der Sehnsucht nach jener Wärme, die gemeinhin der Liebe von Brünetten zugeschrieben wird, vollkommen kaltlassen wird. Wenn ich diesen Brief an dich fertig geschrieben habe und beschließen sollte, mich doch nicht umzubringen, könnte ich ja brünett werden, um auszuprobieren, ob du mich dann wiederhaben willst, aber warum sollte ich riskieren, daß du, während meine Haare nachwachsen, die echte Farbe unter der falschen ahnst, ich habe genug von diesen chemischen Verführungsmanövern, die mir schon zu oft unter die Haut gegangen sind.

Nun könntest du natürlich sagen, ich müßte mich gar nicht so anstellen wegen der Brünetten, schließlich hast du im Bily Kun, wo wir jeden Freitag waren, genauso zu den Blondinen hingesehen, mehr sogar, weil die hellen Köpfe mit der weißen Haut im Schummerlicht der Bar dem Auge einen Halt boten. Einmal hast du behauptet, aus der Höhe deiner eins neunzig sei zu erkennen, daß die Blondinen an einem Ort verharrten, während die Brünetten ständig in Bewegung seien, was daher komme, daß Blondinen ohnehin gesehen würden, Brünette dagegen ihre Ellbogen einsetzen müßten, um die Blicke der Männer auf sich zu ziehen. Dank der sehr blonden Blondinen, sagtest du an jenem Freitag und legtest mir dabei die Hand auf den Kopf, deine riesige Hand, größer als die Hand Gottes, die schlagen konnte, ohne mir weh zu tun, gleiche die Bar einem Sternenhimmel. Diese Bemerkung hätte ein echtes Kompliment sein können, eines von der Art, die Kindern die Größe der Liebe erklären, wenn du nicht gleich darauf deine Abneigung gegen den Kleinen und den Großen Bären und gegen Campingreisen, wo jeder seine Salonphilosophie über den Kosmos loslassen muß, kundgetan hättest, das komme von den astronomischen Neigungen deines Vaters, hast du gesagt.

Dein Vater suchte am Himmel nach Novae, Sternen, die in einer Symphonie aus Farben ihre Gase verströmten, oder noch besser Supernovae, die unter dem Druck der Atome so gewaltig explodierten, daß er sie mit bloßem Auge sehen konnte – dein Vater liebte an den Sternen ihren spektakulären Tod. Ich habe dich oft darauf aufmerksam gemacht, daß die von deinem Vater so geliebten Sterne denselben Namen trugen wie der After Hour Club, in dem wir uns zum ersten Mal begegnet sind, was dich bekümmert hat, weil du der festen Überzeugung warst, die wichtigen Ereignisse deines Leben ließen sich nicht einmal metaphorisch mit einer Dimension des Raums verknüpfen oder in Lichtjahren messen. Das Universum, sagtest du immer, wenn sich die Gelegenheit dazu ergab, auch wenn sie sich nicht ergab übrigens, das Universum verliere sich in seinen ungeheuren Dimensionen, so daß man sich über seine Geographie gar nicht den Kopf zerbrechen müsse. Um deinen Vater von seinem Holzweg abzubringen, hättest du beschlossen, dich nicht um das Fernste zu kümmern, sondern dich dem Nächsten zuzuwenden. Ich habe mich oft gefragt, ob die Mädchen aus dem Web, vor denen du so gern wichst, dem Nächsten oder dem Fernsten zugehören.

Als wir uns endgültig trennten und ich begriffen habe, daß ich von eigener Hand sterben würde, statt von deiner übermächtigen Kraft zermalmt zu werden, haben wir uns darauf geeinigt, daß das Bily Kun von Rechts wegen dir zustand, weil du lange vor mir dort verkehrt hast, und mir das Laïka, das du ohnehin nicht leiden konntest. An diesem Abend haben wir die Bars von Montreal aufgeteilt, um einander nicht mehr zu begegnen, dabei hatte Freddy erst vor ein paar Tagen behauptet, wenn Paare, die sich trennen, bestimmte Areale der Stadt für den anderen zum Sperrgebiet erklärten, sei das auch eine Art Verabredung.

Jetzt kann ich nicht mehr ins Bily Kun und zu den After Hours von Orion, einer Gruppe von DJs, von denen du dich fernhieltst, obwohl du ihre Partys mochtest, vielleicht weil mehrere Ex-Freunde Nadines darunter waren, aber vor allem, weil sie Begriffe benutzten, die du von deinem Vater kanntest, er erzählte beim Mittagessen von den nach ihrer Form benannten kosmischen Phänomenen, Sternennebeln mit Namen wie Helix, Adler, Ei, Stundenglas oder Katzenauge, von stellaren Winden, die Sterne aus ihrer Bahn werfen können, oder von blauen Sternen, die heißer sind als rote oder gelbe.

Die Gruppe Orion organisierte jedes Jahr vier große After Hours in einem riesigen Loft in der Rue Saint-Dominique, jeweils zu Beginn einer Jahreszeit: den Blauen Riesen am ersten Frühlingstag, das Nova am ersten Sommertag, das Schwarze Loch am ersten Herbsttag und Big Bang am ersten Wintertag. Dann gab es noch Pulsar zu Silvester, wo das ganze Partyvolk vom Speed so außer Rand und Band war, daß meist die Polizei kam, die befürchtete, der Fußboden könnte durchbrechen und den Mietern darunter auf den Kopf fallen. Seit den Anfängen von Orion hatten wir beide keine Party verpaßt, es waren die schönsten der ganzen Montrealer Technoszene; komisch, daß wir in diesen drei Jahren mindestens zehnmal auf denselben Partys waren, ohne einander zu begegnen, drei Jahre lang hat der dunkle Loft dir meine Puppengestalt verborgen, und durch den dröhnenden Techno drang deine Stimme nicht an mein Ohr. Dieses Jahr war ich am ersten Frühlingstag nicht beim Blauen Riesen, und das Nova am ersten Sommertag, der zusammen mit meiner persönlichen Deadline in Riesenschritten näherrückt, werde ich auch versäumen. Ich gehe nicht auf eine Party, um dich mit einer anderen zu sehen, um meinen Schmerz zur Schau zu tragen, ich will dich nicht den ganzen Abend lang im Auge behalten, nur um festzustellen, daß du mich nicht ansiehst. Es ist bekannt, daß jede Trennung die Orte verseucht, an denen das Paar gemeinsam war, manchmal auch jene, wo man womöglich von der Konkurrenz verachtet werden könnte. Konkurrenz hatte ich ebensoviel wie Nadine, die übrigens überall war, auch dort, wo sonst niemand hingeht, Nadine, die jeder kennt, La Nadine, deren Auftritt jede Party adelt, Nadine, die Liebe so leicht inspirieren, aber nicht selbst empfinden kann, Nadine, die dich betrogen hat und sitzenließ, und du bist vielleicht schon wieder zu ihr zurückgekehrt.

Jeder Mensch kann verstehen, daß ein Nichts wie ich sich vor dem eigenen Schatten fürchtet, und so wird auch jeder begreifen, daß ich bei jedem dunkelhaarigen Mann in Montreal Angst habe, deine Riesenschritte wiederzuerkennen, die sich von selbst ihren Weg durch die Menge der Fußgänger bahnen, weil man keine andere Wahl hat als auszuweichen, den Bürgersteig freizugeben und das Gesicht vor dem Wirbelwind zu schützen, den sie erzeugen. Jeder wird einsehen, daß diese Frau, um sich nicht allzu klein zu fühlen, dir ausweichen und sich daher auf die vier Straßen des Quartier Latin beschränken muß, vielleicht auch auf weniger.

Unsere Geschichte hatte ihre Orte, und das waren nicht nur Bars. In der Nähe des Bily Kun zum Beispiel liegt der Mont-Royal, da waren wir nie zusammen, aber wir haben uns oft darüber unterhalten.

Die sonnigen Sonntage auf dem Mont-Royal, wenn

sich Tam-tam-Spieler und Tänzer dort versammeln, waren uns beiden ein Greuel, dir war der Patschuligeruch zuwider und die nackten Männeroberkörper in der Nähe der befahrenen Avenue du Parc, mich machten die vielen Hunde, die durch die vielen anderen Hunde ganz aufgeregt waren, ebenso wahnsinnig wie ihre Herrchen, die dreinsahen, als seien sie aller materiellen Sorgen enthoben. Eines Abends wurde uns plötzlich klar, daß der Engel auf dem Mont-Royal, der sich seit jeher mit den Zehenspitzen von seinem Sockel abstoßen will, um zu einem verlorenen Winkel des Himmels zu fliegen, den Musikanten auf den Kopf fallen würde, und wir haben uns lange über den Ursprung dieser Gewißheit unterhalten, wir wußten sogar, daß der Engel von einem Blitz getroffen herabstürzen und dabei scheppern würde wie ein alter Frachter beim Anlegen. Oft beschworen wir mit Haßgebeten Unheil auf Menschen herab.

Nadine ging manchmal in der Sommersonne auf dem Mont-Royal spazieren, das weiß ich, weil Josée sie zwei-, dreimal dort gesehen hat. Unter den im Schachbrettmuster gepflanzten Bäumen hat sie dir womöglich ihre Meisterschaft im Wichsen bewiesen, mit Händen, die größer sind als meine und deinen Schwanz bis zum Ende umfassen können. Bei dir muß jedes Ereignis bis zum Ende gehen, auch das Mädchen, das du im SAT, der meistsubventionierten Techno-Bar Montreals, geküßt hast, hat dich am Ende hinter einem Lautsprecher bis zum Ende gelutscht, dein Schwanz steckte bis zum Ende in ihrem Hals, wo er sich in dem Versuch, der eigenen Größe zu begegnen, am Ende auch entleerte.

Du mochtest deinen Schwanz sehr und hast ihn oft fotografiert. Für mich war das eine Eroberergeste, ein Sieg wie das Hissen der amerikanischen Flagge auf dem Mond; als du jung warst, warst du sicher Klassenerster. Ich habe dir Sachen über deinen Schwanz gesagt, die dich zum Lachen brachten, ich nannte ihn flüsternd die tragende Säule unserer Liebe oder den in der Bettgruft vergrabenen Schatz; nur wenige Frauen wüßten ihn wahrhaft zu schätzen, hast du behauptet und dir Gedanken gemacht, wie du ihn einordnen solltest auf der internationalen Skala der Schwänze, die von den Schwarzen über Araber und Weiße bis zu den Asiaten immer kleiner würden. Pornostars seien kein Vergleichsmaßstab, weil sie eben wegen der übertriebenen Länge ihrer Schwänze ausgesucht seien, und deine Freunde, hast du dich beschwert, erzählten Lügenmärchen über ihre, so daß du nie ganz sicher sein könntest, ob er nun groß sei oder nicht, aber meine Möse fandest du eng, und das sprach für deinen Schwanz.

Out of the blue habe es dich gelutscht, das Mädchen im SAT, hast du mir erzählt, du kanntest sie gar nicht, aber sie wollte dich unbedingt kennenlernen, wie viele, auch zu dem Preis, daß sie dich nur ein einziges Mal hinter dem Lautsprecher erkannte. Wie sie im blauen Neonlicht nach deinem Hosenschlitz suchte und alles schluckte, ohne etwas auszuspucken, obwohl du sie um nichts gebeten hattest, wie du ihr braunes Haar gestreichelt hast im Dunkel der Bar, hast du mir erzählt, und daß es so perfekt getimed war von Anfang bis Ende, daß Annie, die mit dir dort war, dich nicht erwischte.

Vermutlich wußte Gott vor der Schöpfung noch nicht, daß die Geschichten, die man erzählt bekommt, immer die längsten sind, mit viel zu vielen Einzelheiten zwischen den Zeilen. Ob die Bäume noch stehen am Mont-Royal, seit ich das verborgene Antlitz der Dinge fürchte und die Entdeckung deiner Gegenwart darin? Ich bin böse auf die Sterne, weil sie so unerbittlich auf die zufällige Bahn der Frauen im Leben der Männer herabsehen, ich bin böse auf die Sonne, die gleichmütig alle Menschen bescheint, auch die Nachbarinnen, die sich vor deinem Fenster rekeln könnten, brünette Nachbarinnen, die womöglich mit dem Hintern wackeln, die Hände hinter dem Kopf verschränken oder sich gar quietschend mit kaltem Wasser bespritzen. Ich bin böse auf alle Frauen in deiner Ecke des Plateau Mont-Royal, weil sie aus dem Repertoire des Unerhörten die kleinen Mädchen herausholen könnten, die dir einen Ständer bescheren.

Am Anfang haben wir uns gut verstanden; ich gab mir Mühe, offen zu sein, weil ich auf keinen Fall wollte, daß du dich an meinem Wesen stößt. Ich habe Sachen mit dir gemacht, die ich sonst nur mit Freiern machte. Wir taten, was Liebende sonst nicht tun, denn es gibt solche und solche Sachen, die einen bleiben in der Familie, die anderen macht man mit Fremden. Wenn ich das mit dir getan habe, dann vielleicht, weil mir klar war, daß du der letzte sein würdest, der mich berührt, vielleicht auch, weil ich wie du bis zum Ende gehen, weil ich den letzten Rest Jungfräulichkeit von den Wänden kratzen wollte, und sicher, um dir neben meiner Gefügsamkeit weitere Gründe zu liefern, mich zu verlassen. Frauen, die eine feste Beziehung anstreben, müssen wohl widerspenstiger sein.

Anfangs hast du mich beim Ficken bohrend angesehen und mir mit einer Hand, in der die Kraft des Meisters vor einer Entscheidung pulsierte, die Kehle zugedrückt; du wußtest, wie du mir weh tun konntest, ohne mir große Schmerzen oder Verletzungen zuzufügen. Fünfmal hast du mich angespuckt, ohne den Blick zu senken, dreimal in den Mund und zweimal auf die Wangen. Komisch, daß man sich bei so was immer die exakte Zahl merkt, warum, ist wissenschaftlich noch nicht geklärt, wahrscheinlich, weil es so verstörend ist, daß es darüber nichts weiter zu sagen gibt. Hätte meine Tante die Spucke in den Karten sehen können, hätte sie vermutlich auch nichts darüber gesagt, es gehört wohl zur Gabe des Sehens, daß man sich nicht ins Unerklärliche vorwagt.

Was daran denn so schlimm sei, könntest du fragen, schließlich haben mich vor dir schon andere angespuckt und ich habe andere angespuckt für Geld. Was denn der große Unterschied sei, könntest du fragen, zwischen Anspucken und Beißen oder Anspritzen beispielsweise. Schließlich habe ich als Nutte ja schon die schlimmsten Dinge gesehen und gehört, alles, was man mit den bloßen Organen ohne gemeinsame Geschichte und ohne Liebe anstellen kann, jeden peinlich unwillkürlichen Laut. Ich muß aber heute Ordnung in unsere Geschichte bringen, vielleicht weil unsere Liebe sich in etwas verirrte, wo sie nicht hingehörte, vielleicht weil ich Anspucken für Liebe hielt und du nur die Spuren lieben kannst, die du am anderen hinterläßt.

Ich habe mich im Nova auf den ersten Blick in dich verliebt, obwohl ich ahnte, daß unsere Unterschiede das einzig Gemeinsame bleiben würden, obwohl du erzählt hast, daß sich neuerdings in Kalifornien alle Frauen von plastischen Chirurgen enge Mädchenmösen machen lassen, und das vor Adam. Du hast eine ausführliche Antwort bekommen, sich eine Mädchenmöse machen zu lassen sei verlorene Liebesmüh, sagte ich, inzwischen beherrschten nämlich echte kleine Mädchen die Welt, mit glattem Körper, haarlos wie ihre kleine Muschi, die dennoch allen offenstehe, ganz zu schweigen von den Millionen Asiatinnen, die in dieser Hinsicht alle anderen toppen. Wenn aber Liebe mit Enge zu tun hat, sagte ich, könnten die Frauen sich das Geschlechtsorgan sparen, sie haben ja einen Arsch, um dem Mann das Spiel mit dem Widerstand zu erlauben und ihm das Gefühl zu geben, er sei der Größte. Eines Tages, hast du erwidert, werden keine Kinder mehr aus der Möse kommen können, weil sie in der von der Liebe gewollten Enge gefangen sind; wir waren beide gutgelaunt an diesem Abend und warfen uns schlagfertig die Bälle zu. Die Liebe schlägt im Dunkeln ihre Wurzeln, ich konnte nichts dagegen tun. Wenn ich das gewußt hätte, wie man so sagt, aber ich wußte es eigentlich, und es hat doch nichts geholfen.

Wir haben viel geredet im Nova, vielleicht zuviel, am Ende wurde aus Information Konfusion. Wer zuviel redet, denkt nicht mehr über das nach, was er sagt, hast du einmal gesagt, als es um deinen Beruf ging, täglich für eine Tageszeitung zu schreiben sei ein bißchen wie besoffen Autofahren, hast du gesagt, und daß Journalisten aufgrund des Termindrucks und des Zwangs, möglichst viel zu produzieren, oft Fehler machen, und daß du jeden Abend wichst, hast du gesagt, und daß du im *Journal* einen Artikel über Cyberporno veröffentlicht hast, ausführlich recherchiert und bebildert, wofür du dir hunderte Pornofotos ansehen mußtest, und daß du jetzt einen Roman darüber schreiben willst, und ich dachte, schon wieder einer, der einen Roman schreiben will.

Ich habe nichts gesagt, weil die Jahre der Prostitution mich gelehrt haben zu schweigen angesichts überlegener Stärke. Es ist allgemein bekannt, daß wir im Zeitalter der Kommunikation leben, das heißt, daß jeder die Chance hat, sich auf die Neuheiten aus dem Web, den letzte Schrei der Barbarei, auf Schlitze unter den Achseln oder zehnjährige Mädchen, die sich zu Tode lutschen, einen runterzuholen. Ich habe dich in dem Moment nicht richtig verstanden, weil dein französischer Akzent mich taub machte für das, was du gesagt hast.

Es ist auch etwas ganz anderes, ob man jemanden reden hört oder ob man ihn machen sieht. Als du mir an diesem ersten Abend mit deinem französischen Akzent erzählt hast, wieviele Jahre du durchs Web gesurft bist, um alles über Cyberporno zu erfahren, blieb das für mich abstrakt. Der redet nur so daher, dachte ich, Berufskrankheit wahrscheinlich, stumpfsinnige Journalistenroutine und daraus erwachsender Lebensekel, ich dachte nicht an eine Manie oder gar eine Mission.

Als ich dich zum ersten Mal vor dem Computer wichsen sah – du hast angespannt auf den Bildschirm gestarrt, wo eine sehr junge Brünette sich mit einem Schwanz abmühte, der in ihrem kleinen Mund noch riesenhafter erschien, du hattest mich geweckt durch deine Freudenlaute bei dem Gedanken, das in dem Mund sei dein Schwanz –, war ich untröstlich über meine Liebe zu dir. Du hattest mich ja von Anfang an gewarnt, ich hätte es schon im Nova wissen können. So sehe ich dich vor mir: an deinem Computer, vor den Pornoseiten der ganzen Welt, dreimal täglich wichsend, geil von der Parade rasierter Mösen, die dich in eine Welt einladen, in der du nur noch dich selber liebst, mit deiner Linken, weil du die Rechte für die Maus brauchst, um von Mädchen zu Mädchen zu hüpfen, die vielleicht auch schon tot sind, wer weiß.

Es gab eine Zeit, wo wir nur füreinander lebten und die Gegenwart anderer als störend empfanden. Deine Katze wurde davon krank, sie hat wochenlang nichts gefressen, dann fiel ihr das Fell in Placken aus. Deine Mitbewohnerin Martine, die sie füttern sollte, wenn du nicht da warst, hat dich dafür verantwortlich gemacht und vorwurfsvolle Briefchen an deine Zimmertür geklebt, worauf du die Katze zu mir mitnahmst.

Damals haben wir spaßeshalber ausprobiert, wie lang wir es ohne einander aushalten konnten, ehe die Panik kam, wir zählten die Stunden vor dem Hilferuf wie andere die Minuten, die sie ohne zu atmen auf dem Grund eines Schwimmbeckens verweilen können. Grob gerechnet hat es vier Stunden gedauert, bis du anriefst, wenn jeder in seiner eigenen Wohnung war. Du hast immer zuerst angerufen, kann ich mich erinnern, doch ich habe beim ersten Mal nie reagiert, sondern erst beim zweiten Anruf abgenommen und dann auch nicht beim ersten Klingeln. Zwischen dem ersten und dem zweiten Anruf vergingen nie mehr als zehn Minuten, kann ich mich erinnern, und wenn ich dranging, war deine Stimme vor Sorge ganz brüchig. Deine Sorge war mir ein Trost, ich glaubte damals, daß ich auch nach dreißig weiterleben könnte.

Doch mit der Zeit konntest du mich immer länger entbehren, in regelmäßigen Abständen verdoppelte sich die Frist bis zur Panikgrenze, nach zwei Monaten waren es zwölf Stunden, nach drei Monaten vierundzwanzig, und am Ende wolltest du mich nur noch ab und zu sehen, alle drei Wochen ungefähr.

Drei oder vier Monate haben wir uns geliebt, heutzutage ist ja für alles immer weniger Zeit, auch für die Liebe. Dabei leben wir doch anscheinend in einer Ära der Liebe, die Modezeitschriften sind voll davon, das Tarot meiner Tante spricht von nichts anderem, Liebe quillt aus den Kleinanzeigen, sie wird von Ärzten verschrieben, es gibt ein Recht auf Liebe, für das die Homosexuellen jedes Jahr in den Straßen von Montreal ihre Schwänze spazierenführen, die Liebe zeigt sich um drei Uhr früh auf dem Klo einer Bar, Buddhisten lieben sogar das Ungeziefer, Liebessüchtige sieht man jeden Tag im Fernsehen, und selbst bei den Toten, die Seite an Seite auf den Friedhöfen liegen, kann man Liebe finden.

Trotz deines französischen Akzents hast du quebecischer gesprochen als die Quebecer, du bist nicht hier geboren und mußtest dich nie dafür schämen. Die Verachtung der englischen Mehrheit und der Spott der »Franzosen aus Frankreich«, wie man hier sagt, um die Distanz zu verdoppeln und den Franzosen die Hoheit über das Französische zu lassen, blieben für dich abstrakt. Du konntest ja jederzeit in dein Heimatland zurückkehren, deshalb mochtest du Quebec.

Du sprachst meine Sprache, wohlwissend, daß die Schmach der Kolonisierten dich nicht betraf, wohlwissend, daß die Assimilation nie die tieferen Schichten deiner Persönlichkeit erreichen würde und daß deine Herkunft dich vor dem Bedürfnis nach Anerkennung bewahrte. Du sagtest »plotte«, »slut«, »slack«, »fun«, »pitoune«, du brachtest mir all diese Wörter zurück, die ich jahrelang zu verlernen suchte, du sagtest auch »meine Blonde« statt Freundin oder Schatz. Ich habe nie eine Erklärung dafür gefunden, warum man in Quebec »meine Blonde« sagt statt »meine Freundin«, sicher gab es mal eine Zeit, wo man Blondinen für besser hielt als Brünette, so wie man Weiße für besser hielt als Schwarze, Asiatinnen, Indianerinnen, also alle anderen. Ob sich in Quebec einmal alle Blondinen die Haare braun färben werden, weil die Quebecer einsehen, daß die Brünetten oft hübscher sind, und es satt haben, die Frau, die sie lieben, »meine Blonde« zu nennen? Die Haare sollen ja sogar nach dem Tod noch weiterwachsen, behauptet jedenfalls der Herrenfriseur in *The Man Who Wasn't There*, anscheinend dauert es eine Weile, bis sie begreifen, daß sie zu einer Leiche gehören. Mein Großvater sagte, daß die Seelen nach dem Tod nicht immer gleich den Körper verlassen, weil Gott manchmal nicht genau weiß, was er mit ihnen anfangen soll, er braucht etwas Zeit zu überlegen und stockt manchmal angesichts der Schwierigkeit, ein Urteil zu fällen über die Schuld eines Menschen auf Erden.

Du warst mit einer hübschen Brünetten im Nova, Annie, ich war mit einem blonden DJ unterwegs, mit DJ Adam, den du nicht leiden konntest, weil Nadine etwas mit ihm gehabt hatte und weil er größer war als du. Sicher hat mich Adam an diesem Abend noch interessanter für dich gemacht, er war ein fast unschlagbarer Rivale, denn Frauen, vor allem die vom Plateau Mont-Royal, finden DJs im Grunde ihres Herzens viel besser als Journalisten, das hat mit ihrer Sichtbarkeit zu tun, mit den bewundernden Blicken der Groupies.

An diesem Abend hast du zu mir gesagt, du kannst Annie eigentlich gar nicht betrügen, weil sie nicht deine Blonde ist. Etwas später hast du zu mir gesagt, Annie sei das Gegenteil von Nadine, Nadine nämlich habe ihre Gunst seit jeher gerecht auf mehrere Männer verteilt, das sei reine Nymphomanie, das einzige, worauf es ihr ankomme, sei die Überraschung durch einen neuen Schwanz im Bett, Annie dagegen habe dich abgöttisch geliebt, du hättest der Mann ihres Lebens sein können, wenn du gewollt hättest. Annie sei mehr der Aschenputteltyp, sie sei in den drei Jahren eures Zusammenseins regelmäßig zusammengebrochen, wenn sie erfahren habe, daß du dich mit einer andern trafst. Da hätte ich begreifen müssen, daß du von mir gesprochen hast, daß ich dich mit abgöttischer Liebe in die Arme der anderen treiben würde, ich hätte hören müssen, daß du mir an diesem Abend die Zukunft vorhergesagt hast, genauer als die Karten meiner Tante es je vermochten, ich hätte wissen müssen, daß die Liebe für dich aus jeder Frau ein braves Mädchen macht, ein angepaßtes Weibchen, dem du vom unwiderstehlichen Reiz fremder Frauen erzählen kannst, du hast mir schon damals den Weg gewiesen, dich zu verlieren.

*

Zwei Wochen nach dem Nova sind wir in die Cantons de l'Est gefahren, wo mein Großvater ein Chalet besaß, das er mir vererbt hat. Auf der Autobahn Nr. 10 haben wir zweimal gehalten, um zu ficken, wir hatten das Dach meines New Beatle geöffnet, um es uns bequemer zu machen. Ich saß auf dir und sah besorgt die Autofahrer vorbeirasen, die womöglich, von meinem periodisch auftauchenden Kopf irritiert, ihr Leben an der Leitplanke aushauchten.

Im Chalet meines Großvaters haben wir eine Woche lang nur gefickt, die Wellen des nahegelegenen Sees plätscherten leise, und ich weiß noch, daß ich zum ersten Mal in meinem Leben vor Lust geschrien habe, ohne zu lügen. Ich habe mich auch zum ersten Mal lieber von einem Mann erniedrigen lassen, als ihn zu verführen. Und obwohl du der letzte Mann in meinem Leben warst, gab es doch viele erste Male zwischen uns, meinerseits jedenfalls, die Lust, mich beschmutzen und schlagen zu lassen zum Beispiel, wozu, wie ich fand, meine Liebe dich berechtigt, ja verpflichtet hat, und wenn du mich hättest töten wollen in diesen sieben Tagen im Chalet, wäre ich dir auch dabei zur Hand gegangen.

Die ganzen sieben Tage im Chalet wichen wir einander keine Sekunde von der Seite. Du hast mich nachts geweckt, um mir zu erzählen, daß du von mir geträumt hast, daß du mich im Traum mit einem andern erwischt hast, deine Träume hätten dir die Schlampe in mir gezeigt. Du hast mir erzählt, daß du nur selten träumst und daß du nie länger als zwei Tage am Stück mit einer Frau zusammen warst, womit du mir sagen wolltest, daß das mit mir ein Rekord sei und ich die erste, mit der dir so etwas passierte, und ich freute mich darüber. Die Mücken flogen gegen die Fenster des Chalets, und wir beobachteten gemeinsam, wie sie einen Weg zu finden suchten zu der einsamen Lampe, die den Beginn unserer Liebe beschien. Ich frage mich, ob die ins Dunkel ihrer viele Jahre alten Ehen gehüllten Nachbarn wohl die besondere Grausamkeit darin zu erkennen vermochten.

In dieser Woche im Chalet habe ich dir das wenige gegeben, was meine Freier von mir übriggelassen hatten, du durftest meinem Blick standhalten, solange du konntest, du durftest mir die Zunge in die Ohren bohren, du durftest mich an den Haaren ziehen, du durftest mir in den Mund spucken, du durftest mich erst in den Arsch, dann in die Fotze ficken, und nach alldem war ich auch oft noch bereit, dich zu lutschen und alles zu schlucken. Mit dir erfuhr ich Momente von Taubheit wie Menschen, die den Tod nahen fühlen, was zwischen uns geschah, ging bei weitem über das hinaus, was sonst unter Liebespaaren, die vielleicht Gemeinsamkeiten in bezug auf Lieblingsautoren und politische Ansichten entdecken, üblich ist. Du hast mich in der Autonomie, die mein Leben und Handeln bestimmte, auf den Nullpunkt gebracht, ich wurde gefügig. Ich verlor an Gewicht, ich vernachlässigte mich, so sehr war ich auf die zwischen uns wachsende Liebe ausgerichtet, und wenn ich mich an dich schmiegte, war es mir manchmal, als verließe ich meinen Körper. Du gabst mir einen Daseinsgrund, den mir niemand mehr geben kann, deine Arme waren in dieser Woche meine ganze Welt.

In dieser Woche bist du mir überallhin gefolgt in dem einzigen Zimmer des gelben Häuschens mit dem Spitzdach, das zwischen den Bäumen hervorlugt. Wenn du mich irgendwo haben wolltest, im Bett zum Beispiel, hast du mich mit der Faust am Nacken gepackt und mich mit leichtem Druck dahin geführt. Aus Furcht, du könntest lockerlassen, habe ich mich ein bißchen gewehrt, das schmutzige Geschirr erwähnt oder die vorhanglosen Fenster, durch die die ganze Nachbarschaft uns sehen konnte. In Modezeitschriften ist zu lesen, daß Frauen dem Begehren nicht immer gleich nachgeben sollten, wenn ihr Kerl den Ansatz eines Ständers hat, sondern ihm den eigenen Willen zur Zurückhaltung entgegensetzen, um ihn herauszufordern, wenigstens in der ersten Phase der Beziehung. Bei uns gingen die Phasen in meiner mangelnden Tiefe unter, versanken vor meinem schwachen Ich, das sich dem Klang deiner Stimme gehorsam beugte und kniend deine Knie umfing, um sie mit geschlossenen Augen zu küssen; du hast von Anfang an alles gehabt.

Wenn wir in dieser Woche Landluft schnuppern

wollten, standen wir schwankend auf den großen Felsen, die uns vom Wasser trennten, und bekamen vor lauter Küssen von der ganzen Schönheit um uns herum nichts mit, nicht das Panorama der Appalachen, die den See umkränzten, noch die Sonne, wie sie jeden Abend auf einen für seine perfekte Rundung berühmten Gipfel herabsank, der wie eine Riesenbrust am Horizont lag. In den ersten Tagen hast du mich mit deiner kleinen Digicam von der Höhe deiner eins neunzig herab aus allen Blickwinkeln fotografiert, du hast mich Schlumpfine genannt, weil ich so winzig wirkte vor dem Objektiv mit meinen zu dir erhobenen Augen. Hätte meine Tante in diesen Fotos gelesen statt in ihren Karten, hätte sie gesehen, daß es da schon zu spät für mich war und das Unglück bereits seinen Lauf nahm, denn auf meinem Gesicht, das die Liebe verwandelt hatte, waren die Zeichen des Verlassenwerdens schon zu erkennen, und meine Finger waren auf allen Fotos ineinander verschränkt, daß es wie ein Händeringen aussah.

Einmal wolltest du mich nackt in der Wildnis des Waldes fotografieren, doch meine ausgebleichten Haare und falschen Brüste machten die Wirkung des gesucht Natürlichen zunichte. Ich bat dich, die Fotos zu löschen, weil ich Angst davor hatte, daß diese Fotos dich eines Tages anwidern könnten oder, noch schlimmer, zum Lachen reizen, du hast dich geweigert. Also tat ich es selbst, kaum daß du mir den Rücken zuwandtest, ich wüßte gern, ob du es irgendwann bemerkt hast.

Wir balgten im Wald herum wie die Kinder, ich wollte dir weh tun, du mir nicht. Wir gingen über die Grenze des Grundstücks meines Großvaters Richtung Osten, bis zu den kleinen, schlammigen Flüßchen, die nach drei Kilometern in den Lac aux Araignées, den Spinnensee, münden. Ich erzählte dir von einem Abenteuer aus meiner Kindheit, erzählte, wie mein Vater und ich hier einmal mit dem Kanu steckengeblieben waren und zu Fuß den Heimweg antreten mußten, wobei ich auch noch meine Gummistiefel in dem zähen Schlick verlor. Ich erzählte dir, daß die Touristen den Spinnensee meiden, wahrscheinlich wegen seines Namens, dessen Herkunft unbekannt sei, du meintest, das läge vielleicht an der Form. Monate später hat mein Vater deine Vermutung bestätigt: Vom Flugzeug aus betrachtet, sieht der See mit den unzähligen Flüßchen, die in ihn münden, offenbar aus wie ein Haufen Spinnen.

Bei unserer Rückkehr entdeckten wir im Sand der Baie des Sables die Fährte eines Tieres, die du sofort fotografiert hast, um deiner Familie in Frankreich zum ersten Mal seit fünf Jahren endlich einmal etwas Typisches zeigen zu können, nach der Größe der Tatzen mußte sie von einem Bären stammen. Ob der Bär wasserscheu war? Ob er sich womöglich in dem Gestrüpp zwischen den Flüßchen versteckte, aus dem wir gerade kamen? Ob wir ihm entwischen könnten, wenn er sich auf uns stürzte? Du wolltest mir nicht glauben, daß ich in meinem ganzen Leben noch keinen Bären gesehen hatte außer im Zoo.

Wir mußten noch meine Eltern und meine Freunde besuchen, wir mußten noch einen Ausflug zum Mont Mégantic unternehmen, um von dort aus die Landschaft der Cantons de l'Est zu bewundern, aber mit jedem Tag verlorst du ein bißchen mehr die Lust. Während der viel zu kurzen Woche wurde dir die Vorstellung zunehmend unerträglich, daß ich eine Vergangenheit hatte, in der du nicht vorkamst, Familie, Freunde, die mich schon mit anderen gesehen hatten, das entzog mich deinem Zugriff, nahm dir etwas, das dir zustand. Zu diesem Zeitpunkt stand es noch unentschieden zwischen uns, die Liebe machte dich hilflos.

Du hast mich in dieser Woche oft in die Finger gebissen, weil du gedacht hast, ich hätte Schlimmes im Sinn, daß du mir Schmerzen zufügtest, hat meinen Verrat noch gefördert; ich habe mich dafür verachtet, daß ich die Schmerzen mochte, und davon bekam ich erst recht Lust, dich zu verraten, um wieder gebissen zu werden.

Du wolltest mich nicht arbeiten sehen in dieser Woche, ich durfte nicht an meiner Magisterarbeit schreiben, ja nicht einmal die Romane von Céline lesen, die du mitgebracht hattest, vielleicht weil du als Kind unter der Liebe deiner Mutter zu ihrem Hund Bicho so leiden mußtest, vielleicht weil dein Vater in den Tiefen des Universums nach dem Schatz des Lebens forschte, der doch in seinem Hause wohnte. Deinem Vater waren Menschen zu langweilig und zu klein, ins Schwärmen geriet er nur ob des jahrmillionenalten Kosmos mit seinen ungeheuren Massen entzündlicher

Stoffe, die so prunkvolle Erscheinungen zeugten wie Sonnengewitter oder den großen roten Gasfleck, der wie ein riesiger Zyklon über den Jupiter zieht. Daß du eins neunzig groß warst, hast du mir erzählt, sei ihm erst aufgefallen, als er einmal im Krankenhaus lag. Seit deiner Geburt verbrachte er fast seine gesamte Zeit hinter dem starken Teleskop, das ein Vermögen gekostet hatte, und für das Feuerwerk der Novae und Supernovae vernachlässigte er alles, vor allem dich; deshalb erwartest du heute totale Aufmerksamkeit und nimmst so viel Raum in Anspruch.

Während der Zeit im Chalet und in den Wochen danach hast du mir Stück für Stück alles genommen, worüber ich in Gesellschaft hätte sprechen können. Das war nicht so schlimm, denn in dieser Phase meines Lebens machte ich ohnehin nichts, nicht einmal schreiben, außer einer Magisterarbeit über die Krankheit des Senatspräsidenten Schreber, jenes deutschen Beamten, der seinen Wahn protokollierte, wobei ich Probleme mit der Syntax hatte, die das Gerüst meiner Thesen zum Einsturz brachten. Das ärgerte meine Professorin, eine Anhängerin Lacans, für die sprachliches Chaos mit geistiger Verwirrung einherging. Sie allein wußte, daß ich, was das Schreiben anging, eine Schwindlerin war. Schreiben verpflichtet. Immer wundern sich alle, wenn ich die passenden Worte nicht finde und einen Satz nicht vollende, das sollte man von einer Schriftstellerin doch erwarten können, und wenn ich die Wörter nicht richtig verbinde, fällt es auf, weil ich bereits ein Buch veröffentlicht habe. Als

Schriftstellerin hat man eine große Verantwortung gegenüber der Sprache, da muß man schon in der Lage sein, sich auszudrücken.

Deine Anwesenheit in diesem Sommer blieb nicht unbemerkt, meine Freundinnen waren von deiner Schönheit allesamt beeindruckt. Sie freuten sich für mich, ausnahmslos, selbst Josée, die sonst an meinen Männern immer etwas auszusetzen hatte. Ich hätte schon alles gehabt, fanden sie, Geld und Zeit, um mich zu amüsieren, Reisen in den Süden und gebräunte Haut, Schifahren und Essen im Restaurant, einen runderneuerten Körper und einen Friseur von GLAM, das einzige, was mir noch fehlte, war die Liebe, das stand mir nun einfach zu. Ich hatte kein schweres Leben gehabt, mir fehlte nur etwas: eine Beziehung mit Schmetterlingen im Bauch, Zukunftsplänen und geteilten Haushaltspflichten in einem Loft über dem Plateau Mont-Royal. Meine Freundinnen waren alle eifrige Leserinnen von Modemagazinen; mein Glück schläferte ihre Wachsamkeit ein, Liebe hatte für sie nichts mit Lebensgefahr zu tun. Sie waren normal, sie lebten mit einem Mann zusammen, die meisten seit Jahren, manche hatten sogar Kinder und dazu noch eine Karriere und ihre Liebhaber. Wir beide waren Outsider, ich als ehemalige Hure, du als freier Journalist.

Du warst drei Jahre jünger als ich und hast mich doch überragt; wenn du in einen Raum kamst, drängtest du mich automatisch in eine Ecke. Du konntest mit einer Hand mein ganzes Gesicht bedecken, und wenn du mit beiden Händen meine Taille umfaßt hast, trafen sich deine Zeigefinger in meinem Rücken. Du warst von diesem ungleichen Verhältnis entzückt, weil es dich hervorhob und noch größer erscheinen ließ.

Es gab eine Karte im Tarotspiel meiner Tante, die Kraft, darauf war eine Frau, die mit den Händen das Maul eines Löwen aufhält. Ich kann mich nicht erinnern, daß diese Karte einmal dabei war, wenn meine Tante mir die Karten legte. Nach zahllosen vergeblichen Bemühungen, irgend etwas aus den vor ihr liegenden 22 Karten herauszuholen, hat sie sich einmal für den umgekehrten Weg entschieden und versucht, aus der Abwesenheit bestimmter Karten Schlußfolgerungen zu ziehen. Daß die Kraft fehlte, ließ ihrer Ansicht nach immer noch vieles im Ungewissen, doch daß ich keine Dompteuse war, stand zweifelsfrei fest. Die Kraft steht für die Beherrschung jeder Situation durch Kühnheit und Können, für Gewandtheit, wenn die Welt um einen herum zusammenbricht, sie ist aber auch eine Art Maulkorb, sie zügelt den Überschwang.

Du hättest im Tarot gut als Papst oder Herrscher auftreten können, das Eisblau der liliengeschmückten Gewänder hätte dir sicher gut zu Gesicht gestanden, oder als Turm, der so oft in meinen Karten lag, daß er mit der Zeit seinen Schrecken für mich verlor, man sieht darauf einen Turm, der gerade zusammenbricht und Steine durch die Gegend schleudert. In der Kartomantie meiner Tante hieß er auch das Haus Gottes, aber er war keine Kirche, sondern eine gegen die Menschheit gerichtete Waffe, eine Bombe oder ein

Vulkan, er symbolisierte den göttlichen Zorn, der sich mit aller Macht über den Häuptern der Menschen entlud. Der Turm kündige stets eine unerklärliche, unermeßliche Katastrophe an, die von oben kommend auf die Erde einstürze, behauptete meine Tante, einen Act of God. Sie wäre nicht im Traum auf die Idee gekommen, daß der Turm für einen geliebten Menschen stehen könnte, Liebe war für sie ein leichtes, luftiges Gefühl, das strahlend zum Himmel schwebte, allenfalls löste sie sich auf und sonderte dabei unangenehme Gerüche ab. Über ihrer Leidenschaft für die Zukunft hatte meine Tante das feuchte, lichtlose Loch vergessen, in dem sie vor der Geburt herangereift war.

Wenn ich heute daran zurückdenke, bin ich davon überzeugt, daß die Zeit im Chalet für mich auch danach noch weiterging, wahrscheinlich dauert sie bis heute an.

*

In dieser Woche hattest du nie den Wunsch, deine Umarmung zu lockern, noch auf dem Rückweg wolltest du, daß ich während der Fahrt nach Montreal meinen Kopf in deinen Schoß lege. Ich mußte dabei an einen Film denken, in dem die Beifahrerin dem Fahrer einen bläst, woraufhin der einen Unfall baut. Bestimmt zieht sein ganzes Leben an ihm vorüber, bevor er stirbt, vom Ausblasen der Kerzen auf den ersten Geburtstagstorten bis zu dem Punkt, an dem er sich in einer gewaltigen Entladung mit dem Auto überschlägt und endgültig den Lenker abgibt. Wenn Gott den

Menschen die Möglichkeit eröffnet, im Augenblick des Todes die Bilanz ihres Lebens zu ziehen, dann will er ihnen wohl die wahren Dimensionen vor Augen führen, denn was ist ein Leben, dessen prägnante Erinnerungen im Bruchteil einer Sekunde vor einem abschnurren können, angesichts des Universums? So gewinnen die Menschen auch Einsicht in ihr Scheitern, und manchmal scheint ihnen dann das ewige Schmoren in der Hölle, das sie erwartet, gar nicht mehr so ungerecht, meinte jedenfalls mein Großvater. Ob wir beide uns nach einer so kurzen Begegnung in einer letzten gemeinsamen Erinnerung wiedergefunden hätten, wenn wir auf der Autobahn Nr. 10 den Unfalltod gestorben wären? Während der Fahrt überlegte ich, was bei einem Frontalzusammenstoß mit mir passieren würde. Ob das Auto mich verschlingen würde, wenn ich auf die Pedale zu deinen Füßen fiele, so daß mein Körper, von da an mit dem Auto zu einem Block verschmolzen, im Beerdigungsinstitut wie verbogenes Metall im geschlossenen Sarg liegen würde? Im nachhinein erschien mir dieser Moment wie eine verpaßte Gelegenheit.

Ich dachte, du fragst mich, ob ich dir einen blase während der Fahrt auf der Autobahn Nr. 10, aber die Bitte blieb aus. Dafür hast du mir von Zeit zu Zeit den Finger in den Mund gesteckt, vielleicht eine Art Kompromiß. Drei volle Stunden lang hast du von deinem Vater erzählt und von seinem Hang zu den Sternen. Ich staunte, als du behauptetest, er habe sich nie für eine andere Frau als seine eigene interessiert, du konntest es selbst kaum glauben. Da hätten bei mir sämtliche Alarmglocken schrillen müssen, das hieß nämlich, daß du das unstete Wesen der Männer im Grunde für unabänderlich hieltest. Ich dachte damals, du könntest mir treu sein, weil ich noch nicht wußte, daß dein Wille, den Vater zu ärgern, indem du zu seinem Gegenteil wurdest, die fünf Jahre, die der Atlantik nun zwischen euch lag, unbeschadet überstanden hatte. Dabei warst du jedesmal, wenn du von ihm sprachst, genau wie er, mit einem Schlag entstand eine große Distanz um dich, du verlorst alles aus den Augen, dein Blick schweifte in die Ferne, als entrisse die Erkenntnis des stellaren Raums dich der irdischen Welt, und du hobst in deiner ganzen Größe ab. Ich frage mich heute, ob dein Vater womöglich einmal Gott begegnet ist irgendwo zwischen den Sternen. Mein Großvater sagte, Gott zu sehen macht blind für den Rest, wie wenn man ohne Schutzbrille eine Sonnenfinsternis betrachtet, der Blick wird von schwarzen Flecken durchlöchert, und rundherum gibt es nur noch tote Winkel.

In den ersten Wochen nach unserer Begegnung machte ich dir angst mit meiner Vergangenheit als Hure und meiner Gegenwart als Schriftstellerin. Meine Erfahrung und mein Erfolg schufen eine Distanz zwischen uns. Deine Freunde waren sich einig, als ich auftauchte: Schon wieder so ein Biest, sagten sie und stellten Vergleiche mit Nadine an. Zumindest quantitativ hielten sie mich für überlegen, wegen meiner Hurenvergangenheit. Ich habe erst viel später begriffen, was deine Freunde eigentlich meinten. Sie kannten dich nur zu gut und wußten aus Erfahrung, daß du auf eine Frau erst dann aufmerksam wirst, wenn sie den Ruf hat, sich an deine gesamte Umgebung zu verschenken. Deshalb hast du von mir als Schlampe geträumt, die dich kraft ihrer Natur fallenlassen oder dich erniedrigen würde wie Nadine, die im Bily Kun vor deinen Augen andere Männer küßte und hinter deinem Rücken wieder mit ihren zahlreichen Ex-Liebhabern anbändelte, die nach ihr nie mehr eine andere finden konnten, wie sie sagte. Nadine verstand es, andere Frauen von der Vergangenheit und selbst von der Zukunft der Männer fernzuhalten, mit denen sie etwas hatte, ich frage mich manchmal, ob meine Tante ihr nicht schon begegnet ist, wenn sie ihren Kundinnen die Karten legte, alle Montrealerinnen, die ich kenne, hatten direkt oder indirekt schon einmal mit Nadine zu tun, sie hat das Leben von mehr als fünfhundert Männern gezeichnet und damit vermutlich auch das von zehnmal mehr Frauen. An einem Freitagabend habe ich im Bily Kun deinen Freund Mister Dad geküßt, doch du hast es nicht gesehen, du hast woanders hingeschaut, wahrscheinlich auf einen blonden Kopf, der dir als Orientierungspunkt diente auf dem Weg zu den Toiletten, wo du dir deine Kokslinien reinzogst. Bei dem Versuch, eine Schlampe zu sein, hatte ich oft Schwierigkeiten mit dem richtigen Zeitpunkt.

*

Im Chalet meines Großvaters hast du mein Pressedossier gelesen, du wolltest für mich den Antrag auf ein Stipendium vom Conseil des Arts et des Lettres du Quebec stellen. Das war keine einfache Arbeit, ich sollte sie dir bezahlen, zehn Prozent des Gesamtbetrags waren deiner Meinung nach angemessen. Als ich das Stipendium endlich bekam, warst du bereits aus meinem Leben verschwunden, hast aber immer noch auf deinen Scheck gewartet, wie ich damals von Freddy erfuhr. Daß du ihm davon erzählt hast, berührte mich so sehr, daß ich es nicht schaffte, das Geld anzutasten, ich behielt es quasi als Geisel, und mir war, als ob sich unsere Geschichte so auf meinem Bankkonto fortsetzte.

Um die Jury davon zu überzeugen, daß sich die Investition in mich lohnte, mußte der Beweis erbracht werden, daß ich in Europa eine Zukunft hatte, und da verfügtest du als französischer Journalist über eine gewisse Kompetenz. Du kanntest die Rangfolge der Zeitschriften und Zeitungen, du wußtest, wie man die Rezensionen zu ordnen hatte und daß *Le Monde des Livres* auf der Prestigeleiter vor *Libération* stand, obwohl mir als Linker *Libération* sympathischer war. Der dreizehnte Ausschnitt des Dossiers stammte aus dem *Journal*, in dem ein Großteil deiner Artikel erschien; wir haben lange überlegt, ob er an dieser Stelle bleiben sollte oder nicht, weil sich in unsere finanziellen Erwägungen der Aberglaube über den unheilvollen Einfluß der Zahl Dreizehn mischte.

Zu diesem Zeitpunkt hattest du bereits erkannt, daß

mein Problem, eine Verbindung mit meiner Zukunft herzustellen, meine Effizienz in geschäftlichen Angelegenheiten ziemlich beschränkte. Es war für dich unfaßbar, daß ich dir einfach nicht sagen konnte, wo die Hunderttausende von Dollars aus meiner Prostituiertenzeit geblieben waren; diese gegen niemanden gerichtete Leichtfertigkeit lief deiner Meinung nach auf Selbstzerstörung hinaus, für dich war das eine Extremform des Zynismus angesichts des Kapitalismus, es war Sabotage, ein Akt der Entwertung des Systems. Wenn du mich damals gekannt hättest, hast du gesagt, hättest du eine Möglichkeit gefunden, das Geld für mich anzulegen, damit ich hinterher von den Zinsen hätte profitieren können, Nutten, die als Hostessen arbeiteten, brauchten einfach einen Agenten. Angesichts dieser ungeheuren Summen, meintest du, sei auch das Bild des Zuhälters neu zu überdenken, wie alle anderen hätten auch Edelnutten einen nötig, der sie vor sich selbst in Schutz nahm, da die Verschwendung offenbar in allen Schichten ihrer Persönlichkeit angelegt sei; ich sagte, Huren werfen ihr Geld doch nur zum Fenster raus, um ihre Freier loszuwerden.

Durch das Pressedossier wurde ich in deinen Augen anscheinend zu einer Autorität, denn während du daran gearbeitet hast, hast du mich nicht auf die gewohnte Weise gevögelt, sondern ganz sanft. Deine Zärtlichkeiten bekamen plötzlich etwas Flehendes, du wolltest mir unbedingt die Möse lecken, obwohl du wußtest, daß ich das nicht leiden kann, das haben schon unzufriedene Freier, die sich gern einen blasen ließen, aber auf Gegenseitigkeit nicht verzichten wollten, als eine Eigenheit von mir im Web beklagt. We can't go down on her, schrieben manche im Chat über mich, und daß ich mich sogar bereit erklärte, sie auf den Mund zu küssen, um das für sie unbegreifliche Cunnilingus-Verbot aufrechtzuerhalten, wo der Cunnilingus doch in allen Modemagazinen als Königsweg zur Befriedigung der Frauen gilt. Für dich war das Lecken einer Möse eine Tätigkeit ohne konkrete sexuelle Absicht eine Art Opfer oder Weihe, so etwas machte dich nicht besonders geil, jedenfalls hast du nicht verstanden, daß Freier sich das so sehnlich wünschten, ich übrigens auch nicht, ich habe das nie begriffen. Ich habe dir erzählt, daß mir manche, wenn ich sie danach fragte, sagten, sie bezahlten mich nicht dafür, um mit mir die gleichen Sachen zu machen wie mit ihrer Frau, das hieß also, daß sie mit mir genau das machen wollten, was sie mit ihr nicht machten, oft haben sie mehr mit mir gesprochen als mich berührt. Diese Aufteilung sexueller Praktiken zwischen Ehefrau und Hure hat mich übrigens bei dem, was du mit mir gemacht hast, so verwirrt.

Während du im Chalet meine Pressemappe zusammenstelltest, bist du immer wieder zu mir gekommen, um mir Rezensionen aus verschiedenen französischen und kanadischen Zeitschriften vorzulesen. Ich habe dich jedesmal gebeten, damit aufzuhören, und du hast jedesmal so lange weitergemacht, bis ich sie dir aus der Hand gerissen habe, du hast nicht verstanden, daß ich über mich nichts hören wollte, du hast nicht verstanden, daß ich mich nicht im Fernsehen sehen wollte, wo sich doch jeder darum reißt, du hast nicht verstanden, daß es Menschen gibt, die sich nicht ins Gesicht schauen können, ohne zahllose Vorsichtsmaßnahmen zu ergreifen, die es unerträglich finden, keine Kontrolle zu haben, sei es über den eigenen Körper in schlechter Beleuchtung auf dem Bildschirm, sei es über die Meinung der anderen. Du hast nicht verstanden, warum ich mich auf dich stürzte und schrie, ich hätte mich mein ganzes Leben lang schon schützen müssen vor den anderen und ihren verstörenden Worten, deshalb läse ich nur noch Bücher toter Autoren, weil das, was heute in den Zeitungen stehe, das Schlimmste sei, was ich mir vorstellen könne, weil es die Masse, zu der auch du gehörst, zum Zeugen nimmt und sie mit konkreten Fakten füttert. Du hast nicht verstanden, wie die Verfasserin eines Buches mit dem Titel »Hure« sich vor Worten fürchten und vor Scham die Ohren zuhalten konnte.

Es gab den Anflug eines Erstaunens auf deiner Seite, du hast über meine Weigerung, den anderen zuzuhören, gelächelt. Du konntest nicht wissen, daß jede neue Kritik die beharrlich schweigenden Karten meiner Tante durcheinanderbrachte, weil sie meinen Tod in Frage stellte, indem sie mich an die Öffentlichkeit zerrte, wo ich doch unsichtbar bleiben mußte, du konntest nicht wissen, daß diese ganze Geschichte klar meinem Schicksal zuwiderlief. Hättest du es gewußt, hätte es keine Geschichte zwischen uns gegeben, weil du auf Abstand gegangen wärst. An diesem Tag im

Chalet fandest du mich sicher süß, in deiner Verblüffung nanntest du mich nicht verrückt, sondern schüchtern, und mein Wunsch, die materiellen Beweise meines Erfolgs verschwinden zu lassen, erschien dir als übertriebene Bescheidenheit, als vollendeter Ausdruck künstlerischer Integrität. Das Problem mit dem Wahnsinn ist, daß er so viele Tricks kennt, sich vor den Blicken normaler Menschen zu verbergen und sich erst dann zu zeigen, wenn es zu spät ist, er kann als Charakterzug auftreten oder sich in Nebelschleier hüllen und verführerischer wirken als alle Zauber einer Lolita.

Du wolltest dein Buch möglichst bald herausbringen, um der erste zu sein mit einem Roman über Porno im Web und durch die Neuheit bekannt zu werden. Für dich bedeutete schreiben enthüllen, schreiben hieß für dich, das Tagesgeschehen zu verfolgen und sich die Exklusivrechte daran zu sichern. Dein Schreiben war von deinem Beruf beschädigt. Du hast es nicht gern gehört, als ich dir sagte, daß es in unserer hochtechnisierten Welt, wo Pixel die Realität reproduzieren, nichts Neues gebe, auch nicht im ältesten Gewerbe der Welt, wie man so sagt, wenn man von der Sucht spricht, sich zu erleichtern, indem man eine Eroberung nachspielt. Du warst überzeugt, daß die menschliche Natur sich genauso weiterentwickelt wie der Rest, du dachtest, dank der Pornoseiten im Internet, wo es alles und noch mehr gibt, wo unerhörte Dinge zu jedem Zeitpunkt jedem auf der ganzen Welt zur Verfügung stehen, sei niemand mehr auf die blassen und unbeständigen Bilder des eigenen Geistes angewiesen, um sich einen von der Palme zu wedeln, das Web habe die Phantasie außer Kraft gesetzt.

Du wolltest dein Buch möglichst bald herausbringen, um als junger Autor bekannt zu werden, denn wenn man in diese Kategorie fallen wolle, meintest du, müsse man vor dem achtundzwanzigsten Lebensjahr etwas veröffentlicht haben. Danach sei man kein junger Autor mehr, und als reifer Schriftsteller bekannt zu werden war dir viel zu gewöhnlich. Das Außergewöhnliche an einem jungen Autor fällt mehr auf, und als Journalist wußtest du nur zu genau, daß man es desto leichter auf die Titelblätter großer Tageszeitungen schafft, je jünger man aussieht. Journalisten haben ein Faible für Newcomer, besonders junge, und wenn der Newcomer auch noch gute Kontakte zu Journalisten hat, um so besser. Du hattest schon gute Vorarbeit geleistet und dich mit den Kritikern von *Ici*, *Voir*, *La Presse* und *Journal* angefreundet. Daran hätte ich auch früher denken sollen, rügtest du meine Naivität, die oft wie Dreistigkeit wirkte, meine Fehler beim tastenden Ausprobieren, welche Fakten man der Öffentlichkeit preisgeben mußte, wurden häufig kritisiert. Die Medien sind kein Versuchsfeld, hast du gesagt, sondern eine Bühne für besondere Leistungen, die man nur perfekt vorbereitet betreten darf, meine Unerfahrenheit habe einigen die Möglichkeit gegeben, mich lächerlich zu machen, und wenn ich einen Agenten gehabt hätte, wäre es ganz anders gelaufen. Die Medienwelt sei mit dem Milieu der Prostitution durchaus vergleichbar, hast du gesagt, Journalisten sind wie Freier, sie halten nach Frischfleisch Ausschau, reichen es untereinander weiter und bringen es in Umlauf.

*

Nach unserer Rückkehr aus dem Chalet begann unsere Zeit im Bily Kun und damit unsere Drogenphase. In dieser Periode war unsere Liebe von den Gezeiten des Rauschs geprägt, von der Erregung am Anfang und dem Absturz am Ende.

Koks machte uns gesprächig. Auf Koks gab es nie Streit, all unsere Seltsamkeiten waren selbstverständlich, manchmal redete ich sogar genausoviel wie du. Oft gingen unsere Worte über die Grenzen des Sagbaren hinaus, und wir begriffen ihren Sinn erst am nächsten Tag. An einem Freitagabend im Bily Kun hast du mir gestanden, daß du gern deinen Schwanz fotografierst, ich sagte, das sei vollkommen normal, und erzählte dann, vom Dopamin und dem wunderbaren Gefühl, eine letzte Wahrheit mit dir zu teilen, beflügelt, von einem meiner früheren Freier, der auch daran litt, sich selbst zu sehr zu lieben, und beim Ficken immer seinen Schwanz im Auge behalten mußte, was mit Huren kein Problem war, aber den jeweiligen Freundinnen schwer zu vermitteln. Wir hatten beide seit Jahren Koks genommen, es gehörte längst zu unserem Leben, doch du warst von Natur aus gesprächig, deine Freunde waren das gewohnt, und mich, die eigentlich wenig redet, hielten sie für eine echte Plaudertasche. Es hätte ihnen auffallen müssen, daß ich anders war, wenn sie mich unter der Woche trafen, mein Schweigen hätte es ihnen verraten können, aber ich weiß nicht, ob sie die Verbindung zum Koks gezogen haben. Im Bily Kun wurde jedenfalls nie über Drogen gesprochen, das war nicht wie mit dem Sex, das war Privatsache.

Ich ging bis zum Ende mit dir ins Bily Kun und oft auch woandershin, ins SAT, zu den After Hours in der Rue Dominique, zum Schwarzen Loch im Herbst und zum Big Bang im Winter, wenn das Bily Kun um drei Uhr früh schloß. Ich war verliebt, ich wollte dich glücklich machen, manchmal gab ich dir den Rest aus meinem Tütchen, nur um dich länger reden zu hören. Unser Hin und Her zwischen den Toiletten und der Bar, wo unsere Biere standen, hätte deine Freunde, die keine Drogen nahmen, stutzig machen müssen. Freunde wollen für ihre Freunde doch immer nur das Beste, und das bedeutet auch, ihren Untergang zu verhüten, Ratschläge zu erteilen, die Bremse zu ziehen. Doch du warst ein großer Junge, es wäre verlorene Liebesmüh gewesen.

Einer deiner Freunde war JP, du kanntest ihn, seit du in Quebec lebtest, und du mochtest ihn, weil ihr die gleichen Ansichten über Frauen hattet, zum Beispiel, daß sie sich gern das Leben schwermachten, indem sie nur für Bad Guys und Hard to Get schwärmten. Ich fand, daß in deinem französischen Akzent etwas von JP war; ihr wurdet auch oft verwechselt, viele hielten euch für Brüder, und die Frauen konnten sich nie zwischen euch entscheiden. Ihr wart so oft zusammen, daß ihr euch einander angeglichen hattet, trotz eurer unterschiedlichen Größe, und wie alle Bewohner des Plateau Mont-Royal hattet ihr für die Vorortbewohner nur Verachtung und für die politischen Parteien des Landes nur Zynismus übrig. Im Eifer eurer Gespräche habt ihr einander manchmal auf die Schulter geschlagen, doch wenn du das bei mir gemacht hast, war ich gekränkt, ich wollte nicht dein Kumpel sein.

Womöglich hat das Koks unsere Geschichte verlängert. Wir brauchten einander, um die Panik am frühen Morgen zu überstehen, wir waren immer bei dir, weil du einen schnellen Internetzugang hattest. Wenn die Nacht zu Ende ging, surften wir oft durchs Web, einmal stolperten wir über Kommentare eines früheren Freiers zu meinem Buch, die wir danach nie wiederfinden konnten, vielleicht wurden sie an einem selbst deiner kundigen Hand unzugänglichen Ort archiviert. Außerdem gingen die riesigen Fenster meiner Wohnung direkt nach Süden und ließen das Licht des Sonnenaufgangs ein, das uns in unseren kleinen Tätigkeiten störte und uns selbst vorführte in unserer Verwundbarkeit, du fandest es brutal, wie die Morgensonne die entstellenden Zuckungen unserer Kiefer erhellte und uns kriechend auf dem Boden zeigte, mit der Nase den Kokslinien folgend, sie machte uns noch nichtiger, als wir waren.

Das Ende der Nacht war fast immer schrecklich, auch wenn wir uns in deinem dunklen Zimmer aufhielten, änderte das nichts. Wir verfluchten uns und gelobten in langen Tiraden Besserung für die folgenden Jahre, doch um uns davon zu überzeugen, brauchten wir noch mehr Koks, und dein Dealer garantierte die Lieferung auf dem Plateau Mont-Royal bis sechs Uhr morgens. Wir leckten die letzten Reste aus unseren Tütchen und beobachteten einander aus den Augenwinkeln, unsere Abhängigkeit gab Anlaß zu den schlimmsten Befürchtungen im Hinblick auf einen rasanten Absturz in die Welt der Parasiten, wir waren so verachtenswerte Geschöpfe, daß selbst die Wände deines Zimmers Mitleid mit uns hatten. Jedesmal schworen wir uns, das ist das letzte Mal, und jedesmal fiel uns das letzte Mal ein, als wir uns geschworen hatten, das ist das letzte Mal, und der wiederholte Beweis unserer Unfähigkeit machte uns so fertig, daß wir noch mehr Koks brauchten.

*

Wir gewöhnten uns rasch an unsere Häßlichkeit bei Sonnenaufgang, das konnte unser Vergnügen am Zusammensein nicht schmälern, weil wir wußten, daß auf der anderen Seite des Abstiegs, wenn wir erwachten, das Glück auf uns wartete. Die Folgen unserer Ausschweifungen verflogen in der sommerlichen Wärme des Samstagnachmittags, das viele Ficken schwemmte das Schlechte aus dem System. Der Dreck der Nacht spritzte aus deinem Schwanz, die Liebe desinfizierte uns, und am Sonntag danach war alles vergessen.

Anfangs hatte ich die Sorge, daß deine Zärtlichkeiten gewisse Automatismen von früher in mir wachrufen könnten: Blasen und Wichsen, um nach einem möglichst raschen Höhepunkt das Geld einzusacken. Ich hatte die Sorge, während der Längen abzutauchen und unter meinen geschlossenen Lidern das Polarlicht wiederzufinden, das mir stets zur Verfügung stand, um die Gesichter meiner Freier auszublenden, wenn sie allzusehr an mir klebten, ich hatte die Sorge, dich mit meinen mechanischen Reflexen zu verschrecken, ich hatte die Sorge, immer noch Hure zu sein. Ich hatte nicht bedacht, daß du dich auch schon Jahre abgerackert und Erfahrungen gesammelt hattest mit Frauen und Pornographie und daß Lust für dich mit Abwesenheit verknüpft war. Wir folgten denselben Gesetzen des Handels, wir kannten nur das Elend, trotzdem machten wir unsere Sache ganz gut, wir machten eine Zeitlang Liebe. Wenn wir uns im Schlaf voneinander lösten und nachts allein auf einer Seite des Betts erwachten, klammerten wir uns sofort wieder an den andern in dem Gefühl, einzeln nicht sehr viel wert zu sein.

Vielleicht war deine Mitbewohnerin Martine dann doch genervt von unseren Wochenendexzessen. Martine wohnte in dem Zimmer dir gegenüber, sie rauchte Haschisch, nahm aber sonst keine Drogen, wir mochten einander, Martine und ich, bis ich in deinem Computer Fotos von ihr fand. Du hattest sie im Abendkleid aufgenommen, sie hatte sich richtig in Schale geworfen für eine Gala, wo eines ihrer Glasobjekte ausgestellt wurde, und zur Erinnerung daran hast du einen

Ordner mit ihrem Vornamen angelegt. Normalerweise gab sie sich wenig weiblich, schminkte sich auch nicht immer. Ihr Geld verdiente sie mit Glasbläserei, und Künstlerinnen waren nicht so dein Genre, dir waren Frauen mit Glamour lieber. Mit deinen Bildern wolltest du ihre Verwandlung vom mißglückten Jungen zur Femme fatale festhalten. Sie zeigten, wie sexy dunkler Lidschatten wirkt, und ließen ihre Formen in dem tiefdekolletierten, schwarzen Satinkleid, das sich um ihren Körper schmiegte, gleichsam explodieren, auf einem streckt sie die Zungenspitze heraus, als wollte sie sich die Lippen lecken, die Arme über den Kopf erhoben. Von da an hatte sie auch für mich die Spielklasse gewechselt; sie war zu einer Gefahr geworden.

Am Sonntagmorgen hatten wir uns von der Freitagnacht völlig erholt, die Julisonne war Zeuge, sie sah, wie wir auf Rollerblades über die kopfsteingepflasterten Straßen des alten Montreal sausten, sie machte dein Braun dunkler und färbte mein Blond rot. Wenn ich mich ungeschickt angestellt hätte, hättest du mich bei der Hand genommen. Der Sonntagabend war der einzige, den wir bei mir verbrachten, in meiner Dreizimmerwohnung, du fandest sie stilvoll mit ihren hohen Decken und unverputzten Wänden, außerdem fördere sie die Produktivität: Da mein Computersystem keinen High-Speed-Anschluß hatte, verlorst du die Lust, gingst früher schlafen und warst fitter für die Arbeit, die dich am Montagmorgen erwartete. Von unserem Sonntagnachmittagsausflug erschöpft, hatten wir nicht mehr die Kraft, abends noch auf ein Glas Wein zu gehen, wir lagen auf dem Sofa und sahen fern, anschließend wurde gefickt. Danach fühlten wir uns ganz leer und zufrieden wie sonst nie. Oft bist du auf mir eingeschlafen, und ich traute mich nicht, dich zu wecken, sogar im Schlaf warst du dominant, du bliebst oben.

Beim Ficken hast du immer die Initiative ergriffen, vermutlich bestimmten deine Erektionen das Timing. Eines Nachmittags, wir guckten gerade die *Simpsons* im Fernsehen, hob ich, ohne daß du mich darum gebeten hattest, dein Hemd und fummelte an deiner Hose herum, konnte aber mit meinen zitternden Händen die Knöpfe nicht finden und steckte dir stattdessen meinen Finger in den Nabel, um dich zu kitzeln. Damit gab ich dir anscheinend ein Signal, das dir den Weg zu mir wies, überreichte dir gleichsam die Fackel, und das ist zum Klassiker zwischen uns geworden, mein Zeichen zum Aufbruch. In deinem Nabel war immer ein bißchen Talg, ich hatte das nie, woraus wir den Schluß gezogen haben, diese Absonderung sei ein Testosteronprodukt und daher Vorbote einer Glatze, je mehr Talg im Nabel, desto weniger Haare auf dem Kopf.

Bei dir zu Hause haben wir es überall getrieben, auch im Wohnzimmer und den anderen Gemeinschaftsräumen. Wenn Martine uns auf dem Sofa überraschte, zuckte sie zurück, aus Ehrfurcht vor unserer Liebe. Ich kann mich daran erinnern, daß sie alles mögliche gesammelt hat; in ihrem Zimmer stapelten sich hunderte Barbiepuppen in ihren rosa Schachteln, Haarfarbe und Kleidung waren unterschiedlich, aber der Körper war jedesmal der gleiche, nach demselben Modell produziert, mädchenhaft mager und mit unendlich langen Beinen, die Idee des Klonens stammt sicher aus der Puppenindustrie, davon bin ich fest überzeugt. Einmal sagte Martine zu mir, ich sehe auch aus wie eine Barbiepuppe, eine Woche später wollte sie meinen Körper mit Gipsbandagen umwickeln, um nach diesem Modell ein Kleid aus Glas zu machen. Martine war Künstlerin, sie hatte für so was einen Blick.

Ich hätte gern gewußt, ob sie dachte, daß ich die Lust beim Ficken bloß simuliere, und ob sie, wenn sie sich selbst befriedigte und ich nicht da war, laut stöhnte, um Eindruck auf dich zu machen. Du hast mir erzählt, daß sie mich Mieze nannte, wenn ich nicht da war, aber das sei durchaus liebevoll gemeint, »Kommt deine Mieze heute?« habe sie zum Beispiel gefragt, oder »Ist deine Mieze noch böse?«, nie sei Verachtung zu hören gewesen, hast du mir versichert, Martine sei nett. Ich habe schon immer das Gegenteil geargwöhnt, ich war seit jeher der Überzeugung, daß Nettigkeit bei Frauen eine männliche Vorstellung ist, Frauen greifen einander nie offen an, tragen Rivalität aber sehr wohl auf stimmlicher Ebene aus, die Stärke der Lustlaute ist quasi das weibliche Gegenstück zur Größe der Schwänze, und wenn man der Frau, die beim Orgasmus laut schreit, nicht den Mund stopfen kann, bleibt nur der Rückzug. Um mein Revier zu markieren, schrie ich lauter als nötig und machte dich damit mißtrauisch. Einmal hat Martine mich ertappt, als ich ihre Sachen durchwühlte, auf der Suche nach was weiß ich, wahrscheinlich Beweisen, daß zwischen euch etwas lief. Seit damals hielt sie mich für verrückt und hütete sich, mit mir in einem Raum allein zu bleiben.

In manchen Freitagnächten hatte ich das Gefühl, daß du dir, um runterzukommen, gern vor deinen Fotzenfotos einen abgewichst hättest, aber aus Liebe zu mir darauf verzichtet hast. Wenn wir auf Koks waren, hatten wir keine Lust, einander zu berühren, trotz unseres Begehrens. Schließlich hast du es doch getan, ganz offen hast du mich darum gebeten, ins Wohnzimmer zu gehen, meine Anwesenheit war dir unangenehm, du brauchtest deinen ganzen Lebensraum, um ungestört vom Tageslicht oder vom Blick deiner Freundin Grimassen zu ziehen, du mußtest mich ganz weit wegdenken, um dir etwas Lust abzuringen. Einmal habe ich dich dabei durch die Tür gehört, ich hätte dich mit einem Küchenmesser erstechen können. Seit ich dich kannte, sah ich meine Freier anders: Sie schlossen mich wenigstens nicht aus.

*

Der Anfang vom Ende begann drei, vier Monate nach dem Nova. Es fing damit an, daß deine Ex-Freundin Nadine wieder in dein Leben trat und ich meinen ersten Verzweiflungsschub hatte, weil du mir mit Verlassen drohtest. Es fing damit an, daß ich begriff, wieviel stärker du warst, und Angst bekam. Anscheinend läßt sich das nicht vermeiden, anscheinend gehorchen Beziehungen absoluten Gesetzen, gegen die selbst Gott nichts vermag, mein Großvater sagte, das Böse kommt vom Unwägbaren in Gottes Werk, und heute weiß ich, daß er von der Liebe sprach.

Als du mich verlassen hast, hast du gesagt, du hättest meine Angst gespürt und darüber den Faden unserer Geschichte verloren. Angst zu haben hieß für dich, am Hypothetischen zu leiden, nicht auf der Höhe des Lebens zu sein, vor der Zeit aufzugeben und dem Unglück Tür und Tor zu öffnen. Deine Mutter hatte, so weit dein Gedächtnis reichte, niemals Angst, weil sie nur an vollendete Tatsachen glaubte. Sie lebte im Hier und Jetzt, sie hatte keine komischen Ideen so wie ich, sie sorgte sich nicht um die Zukunft wie mein Großvater, und daß du nach Quebec wolltest, erzählte sie deinem Vater erst am Tag deiner Abreise. Meine Angst ließ dich an meiner Beständigkeit zweifeln, du wolltest eine Frau für jede Lebenslage, du wolltest ein mentales Gegenstück mit krisensicheren Nerven, du wolltest eigentlich einen Kerl.

Eines Abends gingen wir mit Josée aus, sie nahm keine Zigarette von mir an, weil sie dachte, sie sei seit ein paar Wochen schwanger. Sie wollte es ihrem Freund aber erst nach einem zweiten Test sagen, sie fürchtete seine Reaktion, weil er schon das Zusammenleben mit ihr nur schwer ertragen konnte. Den ganzen Abend hielt sie sich den Bauch mit einer, manchmal mit beiden Händen, in diesem Stadium machen sich Kinder durch Krämpfe bemerkbar. Achtsame Frauen erkennen anscheinend den Unterschied zwischen den Vorboten der Regel und den Bemühungen des Eis, sich im Uterus einzunisten, achtsame Frauen wissen anscheinend, auf welcher Seite der Gebärmutterwand das Ei Fuß faßt, sehr achtsame Frauen können anscheinend sogar die Vorgänge in ihrem Bauch als Szene in einem Raumschiff visualisieren, wo vollkommene Schwerelosigkeit herrscht.

Als wir an diesem Abend nach Hause kamen, hatten wir einen Streit, ich wollte wissen, ob du dir vorstellen könntest, ein Kind mit mir zu haben, du wolltest wissen, ob ich die Frechheit besäße, dir eines anzuhängen. Du sagtest, für die Männer deiner Generation sei es ein Albtraum, daß Frauen heute in der Lage seien, die Reproduktion alleine zu verwalten, das könne den Beginn einer Karriere behindern, und Josée sei womöglich so eine Verräterin, die ihren Typen reingelegt habe. Ich erwiderte, daß Männer oft aus Egozentrik legitime Wünsche in böse Absichten ummünzen, weil sie jeden Wimpernschlag der Frauen auf sich zurückführen, und daß die Kultur den Frauen aufgrund ihrer körperlichen Beschaffenheit seit jeher die Aufgabe zuschreibt, Kinder zu kriegen und auf Bahnsteigen Männern in abfahrenden Zügen hinterherzuweinen. Wenn dir Kinderkriegen kindisch vorkomme, gab ich dir zu bedenken, rühre das ja vielleicht daher, daß Säuglinge so große Ähnlichkeit mit Welpen hätten und daß deine Mutter dir einen Welpen vorzog. Und dann sagte ich noch, daß die tragischen Geschichten von ihren Müttern verlassener Söhne nichts mit den vier Millionen Jahren Evolution zu tun hätten, die der Individualismus zu seiner Entstehung benötigt habe. Da stritten wir zum ersten Mal, und ich habe zum ersten Mal geweint. Du hast allmählich begriffen, daß meine Tränen deine Strafe waren, denn ich hatte dir an dem Abend gezeigt, daß Leiden als Waffe dienen kann. Du hast deinen Kopf auf meinen Bauch gelegt, als ich weinte, eine väterliche Geste, dachte ich. Drei Monate später war ich von dir schwanger.

Alles war von Anfang an vorherbestimmt, wer weiß, warum ich kurz vor deinem Abgang die Pille absetzte, wer weiß, warum ich gleich darauf schwanger wurde. Wer weiß schon, warum Frauen auch im Sterben noch Kinder zeugen können, dabei war Fortpflanzung in meinem Lebensplan nicht vorgesehen, das stand schon seit der Zeit fest, wo meine Tante mir die Karten legte. Und mein Großvater war davon überzeugt, daß ich der letzten Generation angehörte, in der es noch Väter, Mütter, Kinder gab, die Apokalypse würde zuallererst die Fortpflanzung treffen, Leben würde fortan in Laboratorien generiert, genau kalkuliert nach Haar- und Augenfarben, Muskelmasse und IQ, und parallel zu dieser mängelfreien Menschenvermehrung würde jeder mit jedem schlafen, aus welchem Grund auch immer, für Geld, als Leibesübung oder einfach so.

Ich fühlte, daß du mich verlassen würdest, und wollte irgendwas tun, also machte ich ein Kind, und das zu einem Zeitpunkt, da ich nur noch vier Monate zu leben hatte. Ich glaubte nicht richtig daran, viel zu viel sprach dagegen, ich wundere mich noch heute darüber, daß überhaupt etwas keimen konnte inmitten von Drogen und Alkohol und bei deiner Manie, mir ins

Gesicht zu spritzen. Wahrscheinlich bist du in einem Moment der Unachtsamkeit doch einmal in meiner Möse gekommen. Wenn man sein Sperma so gern sieht, betrachtet man dann auch seinen Rotz im Taschentuch und die Scheiße in der Schüssel, bevor man die Spülung betätigt?

Ich bin mir nicht sicher, ob das Kind erst bei der Abtreibung starb. Am Ende unserer Geschichte nahm ich Schlafmittel und Alkohol in solchen Mengen zu mir, daß das Kind sich wahrscheinlich schon für immer in seinem Säckchen verkrochen hatte, bevor es aus mir herausgerissen wurde. Ich fand auch, daß die Ärztin in dem kleinen Zimmer nebenan ein bißchen zu lange mit den Krankenschwestern sprach, bevor sie mich holte, vielleicht hatte sie in dem Abfall eine Anomalie entdeckt. Vielleicht hatte sie während der Ausschabung das übliche Pochen des Lebens vermißt, das sich gegen den Tod wehrt, und sich gefragt, ob ihre Rolle die Verpflichtung nach sich zog, mich vor möglichen Problemen mit der Fortpflanzung zu warnen. Vielleicht scheute sie sich, mir ausführliche Untersuchungen nahezulegen, um auszuschließen, daß meine Gebärmutter sich wie eine fleischfressende Pflanze gebärdet. Als meine Mutter mit mir schwanger war, wurde ein zwei Kilo schweres Fibrom entdeckt, das auf die Gebärmutter drückte, es muß ein heftiger Kampf gewesen sein zwischen ihm und mir.

Ich habe die Abtreibung bis zur letzten Minute hinausgezögert, wahrscheinlich um nach deinem Abgang möglichst lange etwas von dir zu haben, so warst du, ohne davon zu wissen, drei Monate lang noch ein bißchen bei mir. Vermutlich haben Frauen seit Urzeiten diese furchterregende Fähigkeit kultiviert, Väter und Babys miteinander zu vertauschen, wahrscheinlich interessieren sie sich deshalb oft nicht mehr für die Väter, wenn die Babys erst auf der Welt sind. So war ich zum ersten Mal größer als du, war dir zum ersten Mal durch meine bösen Absichten überlegen. Ich konnte auf dich herabsehen, und du konntest nicht fliehen, weil ich den Schlüssel zu diesem Käfig hatte.

Im dritten Monat habe ich lange hin- und herüberlegt. Seit deinem Abgang fehlte die Spannung in meinem Leben, Langeweile machte sich breit, wahrscheinlich wollte ich mich selbst überraschen, und mit der Zeit hätte mich das Baby vielleicht von deinem Gewicht befreit. Das ist in den ganzen drei Monaten nie passiert, keinen Moment lang hast du dich aus mir zurückgezogen, vielleicht weil du keine Ahnung hattest, was mir widerfuhr. Ein Geständnis erleichtert, sagt man, das habe ich aber bis heute nicht gespürt, solange ich diesen Brief schreibe, wohl weil er eigentlich nicht an dich gerichtet ist.

Erst dachte ich, wir könnten uns gegenseitig das Leben retten, das Baby und ich, da wir schon beide mit dem Hals in der Schlinge steckten, könnten wir genausogut auf unser Durchhalten wetten.

Dann hatte ich vor allem Angst, Angst, daß das Baby so wird wie du und bei der Geburt schon eine Vergangenheit voller anderer Frauen hat. Ich hatte das Gefühl, das Baby ist schon wie du, es läßt mich schon im

Bauch deine Unabhängigkeit spüren, es hat diese Kraft der Selbstbehauptung, die von deinen Vorfahren stammt, und kann sich damit schlimmstenfalls auch selbst produzieren, es zwingt mir seinen Rhythmus auf und hämmert mir in den Bauch, ich soll ihm meine Mahlzeiten schicken, und kaum ist es auf der Welt, hat es sicher jedes Interesse an mir verloren. Ich dachte, da das Kind von dir ist, wird es mich verlassen.

Dann hatte ich Angst, daß es so wird wie ich, daß es keine Zukunft hat, daß es schließlich, seiner selbst überdrüssig, nach deiner maßlosen Größe sucht und du es fallenlassen könntest. Ich hatte Angst, daß es erdrückt wird von deiner Umarmung, die seine Mutter unauslöschlich in ihrem Herzen trägt, ich hatte Angst, daß ich ihm zu deinem Namen auch deinen Vornamen gebe.

Am Ende hatte ich Angst, daß nichts aus ihm wird, daß es vor der Zeit an Kummer stirbt, anscheinend können Kinder sich zu Tode hungern im Bauch der verlassenen Mutter, wenn sie nicht aus ihrem Schockzustand herauskommt, brechen sie einfach den Kontakt ab, indem sie mit ihren kleinen Händen die Nabelschnur herausreißen, wie Pferde sich die Venen aufbeißen im Zustand äußerster Erregung, anscheinend lieben Kinder ihre Mutter so sehr.

Vor der Operation setzte man mich davon in Kenntnis, daß man mir den Inhalt meiner Gebärmutter danach nicht aushändigen könne, das sei vom Gesetz nicht erlaubt. Einige Frauen wollten das, um eine religiöse Zeremonie abzuhalten, einen von ihnen erfundenen Ritus für die vor der Geburt verstorbenen Kinder, den die Kirche nicht vorsah, ich fragte mich, ob sie alles verbrennen und die Asche aufheben wollten. In diesem Stadium ist das Kind anscheinend wie ein kleiner weißer Wattebausch; ob man es aus seinem Blutbad holen und zwischen den Seiten eines Buches trocknen könnte wie ein herbstliches Blatt? Als ich klein war, machte ich Lesezeichen aus nicht geschluckten Hostien, und als mein Großvater mich erwischte, regte er sich furchtbar auf; er ballte die Fäuste und brüllte, das sei nicht nur eine Profanierung, sondern eine schändliche Verschwendung, während überall auf der Welt Kinder verhungern, die sich nach der Gegenwart Christi in ihrem Herzen verzehren.

Bevor ich in den Operationssaal kam, wurde ich gefragt, ob ich mir meine Entscheidung auch reiflich überlegt hätte. Ich sagte, daß sich die Frage nach einer Entscheidung für Personen wie mich gar nicht stelle, da die Stimme des Nichts sie leite, und erhielt ein Schweigen als Antwort.

Auf dem Operationstisch hatte ich eine leise Panik, weil die mit der Abtreibung beauftragte Ärztin jünger als ich war und Inderin, womöglich hatte sie ihre eigenen Methoden, die weißen Gebärmüttern nicht bekamen … Indien ist überbevölkert von Lebenden wie von Toten, anscheinend stehen alle Inder schon mit einem Fuß im Grab, es wird dort zuviel geboren und zuviel gestorben, aber das ist ganz natürlich, alle sind im großen Rad der Wiedergeburt gefangen. Als die Ärztin die kleine, weiße Maske über Nase und Mund zog, mußte ich an die vielen tausend Leichen denken, die in den Wassern des Ganges trieben und sich dort manchmal stauten. Als sie sich näherte, fiel mir die Grobheit der indischen Freier ein, und als sie ihr Spekulum in mich hineinschob, befiel mich ein Krampf, der sich vom Bauch bis in die Zehenspitzen zog, so daß ich mich mit den Ellbogen abstützen mußte. Zu diesem Zeitpunkt bat ich um eine zweite Dosis Morphium und bekam zur Antwort, man müsse zunächst die Wirkung der ersten abwarten, außerdem habe die Operation noch gar nicht begonnen, ich sagte, ich sei durch meine Gewöhnung an Drogen in hohen Dosen so unempfindlich geworden, daß sie ihre volle Wirkung bei mir gar nicht entfalten könnten, und um zum Ende zu kommen, gaben sie schließlich nach. In dem Moment hätte ich fast gefragt, ob man die Prozedur nicht abbrechen könne, und ich glaube zu wissen, warum, es war, weil die Ärztin so jung war, mit ihren sechs- oder siebenundzwanzig hätte sie meine kleine Schwester sein können, und vor der kleinen Schwester muß man erwachsen sein und ein würdiges Beispiel geben. Womöglich war das alles auch ein Zeichen für den außergewöhnlichen Charakter des Kindes, schließlich konnte diese Ärztin auch eine große Zauberin sein.

Während der Operation wartete ich auf den Schmerz, aber er kam nicht. Ich wartete auf die Geräusche der chirurgischen Instrumente, ein Knattern und Gurgeln, wenn das Kind durch die Röhre rutschte, aber nein, nicht einmal ein leises Brummen war zu hören. Ich wartete auf meine Tränen, aber mir war nicht danach, das Morphium hatte mich getäuscht. Gleich nach der Operation verschwand die Inderin, und ich sah sie nie wieder, sie hatte vielleicht gespürt, daß ich Angst vor ihr hatte.

Bevor ich die Klinik verließ, fragte mich eine Krankenschwester, ob es mir gut gehe, und als ich ja sagte, fragte sie noch einmal nach, ob es mir gut gehe, nicht nur hier und jetzt, meine sie, sondern überhaupt, sie mache sich Sorgen, weil niemand mich begleitet habe und ich allein nach Hause gehen müsse. Sie befürchtete wohl, wenn ich so ginge, ohne das Baby, sei ich mir selbst zu sehr ausgeliefert und könne mich in der plötzlichen Leere verlieren wie dein Vater bei seinen Besichtigungen im Universum.

Ich fuhr mit dem Taxi nach Hause und nahm wie üblich mein Telefon mit ans Bett, um keinen Anruf zu verpassen. Ich wartete wie üblich, daß du anriefst, obwohl ich dich an dem Tag, wo du gingst, gebeten hatte, es nie wieder zu tun. Vermutlich glaubte ich in dem Moment, daß mein Verbot dich stutzig gemacht haben müßte, es hätte dir wie ein Alarmsignal vorkommen müssen, das dich an deine Pflicht erinnert, auf mich aufzupassen. Vermutlich hielt ich die Verbindung zwischen uns für so stark, daß du am anderen Ende des Plateau Mont-Royal hättest spüren müssen, wie ich dich an diesem Tag zum zweiten Mal verlor.

Ich wüßte gern, was du dazu gesagt hättest, wenn dir bekannt gewesen wäre, daß ich im letzten März von dir schwanger war. Ich wüßte gern, ob deine Stimme anders geklungen hätte, noch französischer vielleicht, ob du dich von mir zurückgezogen hättest oder gestottert vor Unbehagen, wie es dir in Gegenwart wichtiger Männer manchmal passierte. Wenn man einer Frau, die man nicht mehr liebt, ein Kind macht, spricht man nicht darüber, das ist so peinlich wie Impotenz, so etwas schweigt man tot. Dir war ja so gut wie alles peinlich, wenn irgendein Hund dir auf der Straße den Schritt leckte zum Beispiel oder wenn ungezogene Kinder dich in der Metro zu lange anstarrten. Ihre Schamlosigkeit hat dich gestört, nie im Leben würdest du eins auf den Schoß nehmen, hast du gesagt. Mein erstes Buch war dir peinlich, weil es aus dem Bauch kam und zu offenherzig war, und wenn Leute öffentlich heulten, war dir das auch peinlich. Dein Unbehagen war so groß, daß du ständig darüber reden mußtest, du hast die Quebecer bewundert für ihre Ungeniertheit und ihre Gewandtheit in peinlichen Situationen, sie seien spontan und ohne Allüren. Du glaubtest an diesen französischen Mythos, daß die Quebecer dem Instinkt und der Erde näher sind und von eher dörflicher Gemütsart, daß sie ein schlichtes, von guten Manieren weitgehend unbelastetes Leben leben, und daß die Frauen schöne Wilde sind, die von sozialem Aufstieg träumen und deshalb für die Franzosen schwärmen.

Vor dem Verlassen der Abtreibungsklinik wurde mir erklärt, daß es in den nächsten zwei, drei Tagen zu Blutungen kommen würde, die Gebärmutter stoße die von der Ausschabung nicht erreichten Reste ab. Ich schloß daraus, daß das Baby noch drin war; in der Vergangenheit soll es ja Fälle gegeben haben, wo sich die Föten hartnäckig ihrer Entfernung widersetzten, sich einfach in ihren Müttern festkrallten und es im späteren Leben noch weit brachten. Angesichts massenhafter Abtreibungen in den westlichen Ländern konnten die Föten ja eine Camouflage-Technik entwickelt haben, um sich im Bauch der Mütter zu verstecken, unsichtbar für medizinische Geräte und damit dem ärztlichen Zugriff entzogen. Sogar die primitivsten Organismen, behaupten Wissenschaftler, haben eine Überlebensintelligenz und passen sich durch entsprechende Anstrengungen selbst den feindlichsten Umgebungen an. Ich wüßte gern, ob ich in einer Welt ohne dich auch gegen meinen Willen überleben würde.

Ich habe gefragt, warum man nicht gleich nach der Abtreibung blutet, es könne doch nicht so lange dauern, bis die Wunden schmerzten. Der Schock eines Eingriffs von außen, wurde mir erklärt, führe zu einer Art Zeitverschiebung zwischen Leib und Seele, in diesem Fall begreife der Uterus erst nach ein paar Tagen, daß er nichts mehr zu nähren habe, dann wisse er nicht mehr weiter und gebe auf. Der dem Leben verbundene Körper ticke manchmal anders als wir. Ich müsse einige Wochen lang mit unkoordinierten Hormonschüben rechnen, da der Körper vom Schmerz über das plötzliche Verschwinden des Babys ganz verwirrt sei und unsinnige Dinge tue, sich gehen lasse und den Kontakt zur Welt abbreche. Er brauche Zeit, um sich mit der Wirklichkeit abzufinden, währenddessen solle ich mich um ihn kümmern und ihn mit Schmerzmitteln und heißen Wärmflaschen versorgen. Ich verstehe, sagte ich, weil ich das kannte, mein innerer Widerstand hatte in der Vergangenheit schon öfter zu fehlerhaften Wahrnehmungen geführt. Nach deinem Abgang zum Beispiel wachte ich wochenlang nachts mit dem Gefühl auf, bei dir zu sein, tastete im Bett vergebens nach deinem Körper und konnte bis zum Morgen nicht schlafen, die schmerzliche Erinnerung an deine Abwesenheit hielt mich wach. Ich kämpfte oft mit der Decke und fand mich schließlich auf deiner Seite des Bettes wieder, einmal hob ich weinend die Arme zum Himmel, weil ich geholt werden wollte. Zwischen mir und der Realität bestand ein großer Altersunterschied.

Als ich zum Ausgang der Klinik gebracht wurde, wurde mir gesagt, ich solle mir keine Sorgen machen, die Reste seien nicht mehr und nicht weniger als die Regelblutung, sie seien nur so gefühlsbeladen, daß sie mein Gewissen belasten könnten. Drei Tage lang saß ich zu Hause und wartete auf die Reste, und nach drei Tagen kamen sie auch, wie angekündigt. In meiner Einsamkeit sah ich das als Besuch an, es war, als wäre ich nicht mehr ganz so allein, ich muß dazu sagen, daß unsere Geschichte für mich im Alltäglichen ausklang. Ich redete laut mit dir in meinen vier Wänden, ich warf dir dein Schmollen vor. Ob diese Geschichte je endet? Oder werde ich auch nach meinem Tod an diese Orte gebunden bleiben? Das wird ja in allen Gespensterfilmen behauptet, daß die Geister der Verstorbenen noch etwas zu erledigen hätten aus ihrem früheren Leben, weil sie auch im Jenseits ihren Sinn für irdische Gerechtigkeit bewahrten. Wenn ich kann, werde ich es dir heimzahlen, ich werde durch dein Zimmer geistern, die Frauen verschrecken und mich in deinem Gehirn einnisten, ich werde deine Gedanken umleiten und neue Verknüpfungen erstellen, bis sie am Ende alle zu mir führen, es wird dir noch leid tun, daß du auf der Welt bist.

Als die starken Krämpfe kamen, die kleine schwarze Bröckchen zwischen meinen Beinen herauspreßten, saß ich vor dem Fernseher und sah eine Episode von *Akte X*, in der die Agenten Mulder und Scully ein Geisterschiff aus dem zweiten Weltkrieg besteigen, dessen Passagiere schon seit Jahrtausenden tot sind. Kaum sind Scully und Mulder auf dem Schiff, altern sie pro Tag um hundert Jahre, und wenn man sie am nächsten Tag nicht rechtzeitig gefunden hätte, wären sie an vorzeitiger Altersschwäche gestorben. Aber erst einmal gehen sie in aller Ruhe ihrer Arbeit nach, und beim Blättern im Logbuch des Kapitäns fällt ihnen auf, daß das Schiff in einer Zone des Globus Schiffbruch erlitten hat, die kein Geograph je erfaßt hat, einer Art schwarzem Loch mitten im Atlantik. Im Nirgendwo gefangen, müssen Scully und Mulder erkennen, daß die Erde einen schwarzen Kontinent trägt, der für Menschen tabu ist, dann haben sie herumgerechnet, um eine Erklärung zu finden, und sind auf die Namen der Teilchen gekommen; es war für sie durchaus denkbar, daß die Erde über waffenstarrende Elemente verfügt, die jeden vernichten, der ihre Geheimnisse ans Licht zerren will, die Materie selbst kann zu ihrem Schutz feindselig sein.

Zum ersten Mal in meinem Leben spürte ich die Neigung, etwas, das aus mir herauskam, zu bewahren. Es soll ja Frauen geben, die sich in ihrer Verzweiflung über den Verlust des Babys auf Haustiere oder Puppen verlegen, sie im Kinderwagen durch öffentliche Parkanlagen schieben und vor Fremden über deren Ähnlichkeit mit dem Vater schwadronieren.

An diesem Abend mußte ich so sehr an dich denken, daß ich dich fast angerufen hätte, doch was sollte ich dir sagen, und welche Antwort würde ich erhalten? Ob du zu mir kommen würdest, um von einem Teil deiner selbst Abschied zu nehmen? Dann fiel mir ein, daß du Abschiede nicht mochtest, weil sie leicht in Tränen münden und zu Szenen oder Dramen werden, in die sich womöglich noch Zeugen einmischen. Da dachte ich, daß dein Bedürfnis, Haltung zu bewahren, von deinem Vater herrühren muß, der in dem großen Abstand der Sterne untereinander ein Zeichen von Erhabenheit sah; ihr unzugängliches Sein war die Grundbedingung seiner Verehrung. Als er einmal beim Abendessen erklärte, das Universum bestehe im wesentlichen aus dunkler Materie, die sich sogar den Teleskopen der NASA entziehe, und die Milchstraße brauche zweihundert Millionen Jahre für eine einzige Umdrehung, entstand ein eisiges Schweigen am Tisch.

Als die Reste kamen, kniete ich mich hin, schob mein Hauskleid über die Hüften und hockte mehr als zwei

Stunden über einem Glastopf, um alles aufzufangen. Noch nie hatte ich Abfall solchen Wert beigemessen. Nur einmal, als Kind, hatte ich ein ähnliches Verhalten an den Tag gelegt und einen Vogel, den ich tot im Hof der Grundschule gefunden hatte, einen Monat lang in der Tiefkühltruhe aufbewahrt. Ich kann mich erinnern, daß meine Mutter, als sie ihn endlich, weiß bereift, gefunden hatte, den gesamten Inhalt des Gefriergeräts in den Müll warf und mir anschließend einen Vortrag hielt, daß Vögel Mikrobenschleudern seien und kein Mitleid verdienten; meine Mutter mißtraute schönen Dingen, für sie war Schönheit ein Rauchschild, hinter dem sich stets opportunistische oder auch räuberische Absichten verbargen. Als sie dich zum ersten Mal sah, erschrak sie vor deiner Schönheit, die überall, wohin du auch kamst, alle Menschen berührte, deshalb hat sie dich nie ins Herz geschlossen.

Nach über zwei Stunden auf dem Glastopf entschied ich, die Arbeit sei nun getan, und verschloß ihn mit einem Deckel. Auf den ersten Blick erinnerte es an Johannisbeer- oder Kirschmarmelade, aber wenn man näher hinsah, glich es nichts Bekanntem. Instinktiv sah man, daß es sich um etwas Fleischiges handelte, aus der Textur ließ sich schließen, daß es verderben konnte, es hatte das Gewicht toter Körper, und wenn man es kräftig schüttelte, machte es ein schmutziges Geräusch. An diesem Tag ließ ich die Tränen fließen, die in der Klinik ausgeblieben waren; wenn man zu großen Wert auf das eigene Aussehen legt, erleichtern Tränen nicht, weil sie entstellen. Ich wußte nicht mehr, was ich mit dem Topf machen sollte, gebetet habe ich jedenfalls nicht, Beten ist was für Angeber, die sich damit interessant machen wollen. Männer brauchen gar nicht erst zu beten, weil die Jungfrau Maria es ihnen abnimmt, im Gebet heißt es ja: »Heilige Maria, Mutter Gottes, bitte für uns Sünder«. Als ich klein war, hat mein Großvater so viel für mich gebetet, daß er damit womöglich das Gegenteil erreicht hat und der Himmel am Ende von den vielen erflehten Wohltaten so erschöpft war, daß er mich verfluchte, vielleicht hat mein Großvater so doch dafür gesorgt, daß du in mein Leben getreten bist.

Ich staunte über das viele Blut in dem Topf. Ich sah darin das Zeichen einer Fruchtbarkeit, die nichts mit meinen inneren Dramen zu tun hatte, und das hat mich irritiert, das Leben müßte sich, fand ich, meinen Befehlen unterwerfen und eine Verbindung zu meinen seelischen Zuständen eingehen. Meine Tante hat einmal vermutet, daß das Tarot sich über meine Zukunft nicht äußern wollte, liege womöglich daran, daß ich mit meiner Zukunft nichts zu tun habe, aufgrund einer Aberration der Natur folgten wir womöglich verschiedenen Wegen, ich und meine Zukunft, ich glaube, sie wollte mir damit sagen, daß meine Zukunft ohne mich stattfinden würde.

Ich habe darüber nachgedacht, dir den Pott zu schikken, um dich zu schockieren. Mörder zum Beispiel versenden manchmal abgeschnittene Finger, Ohren oder Rattengerippe per Post an die künftigen Opfer, um ihnen mitzuteilen, daß ihr fataler Fehler nicht unbemerkt geblieben ist und sie nun bald an der Reihe sind. Anscheinend erhält das Leben der künftigen Opfer dadurch oft so einen Knick, daß sie die Arbeit lieber selber erledigen und sich zum Beispiel eine Kugel in den Schädel jagen; in solchen Fällen wirkt die Drohung wie Voodoo, sie trägt ihre Ausführung in sich, und der Mörder muß sich gar nicht erst die Hände schmutzig machen. An diesem Abend habe ich angefangen, dich zu hassen, und an diesem Haß hat sich bis heute nichts geändert. Der Haß ist etwas sehr Stabiles, zwischen manchen Völkern kann er Jahrhunderte überdauern, ohne an Kraft zu verlieren, und wenn er den Feind umzingelt hat, übt er einen solchen Druck aus, daß dieser in sich selbst zusammenbricht, um zu explodieren wie eine Supernova.

Als ich an diesem Abend vor dem Glastopf saß, stellte ich mir vor, die Abtreibung habe Früchte getragen, und das Baby sei womöglich nachgewachsen. Ich goß den Inhalt des Topfes auf eine große Brotplatte und rührte darin herum, ich suchte nach einem weißen Fleck im roten Blut. Das Wattebäuschchen war nicht mehr da, aber ein bißchen von dir war noch darin, die ganze Masse hatte sich schließlich um deine Entladung geballt, wahrscheinlich war sie deshalb so groß, weil deine Gene es verlangten. Ich dachte auch, sie hätten mich belogen in der Klinik, dieses Blut sei kein Regelblut, sondern echtes Fleisch, und wenn ich mich heute daran erinnere, finde ich, es sah ein wenig nach Knochenmark aus. Wenn ich noch verrückter gewesen wäre, hätte ich es gegessen.

An diesem Abend habe ich viele Dinge verstanden, zum Beispiel, daß es keine Seele gibt und daß die Menschen sich viele Geschichten ausdenken, um aufrecht in den Tod zu gehen. Früher hat man für seinen Platz im Paradies im voraus bezahlt, heute läßt man sich einfrieren, um auf den Tag der Wiederauferstehung zu warten. Wenn es ein Leben jenseits des Todes gäbe, hätte am Abtreibungstag der Wind draußen geheult, und die Glühbirnen in meiner Wohnung wären zersprungen, um den begangenen Frevel mit schwarzer Nacht zu verhüllen, die Türen hätten krachend auf- und zugeschlagen, und die Schränke hätten ihren Inhalt auf den Boden erbrochen. Die Seele des Babys, das von dir kam, hätte sich die Materie untertan gemacht und mich deine Stimme hören lassen.

An diesem Abend machte ich es wie kleine Kinder mit ihrem Geburtstagskuchen: Ich griff mit beiden Händen hinein; dann malte ich ein Tic-Tac-Toe auf den Boden und spielte Erhängen. Hätte mein Großvater mich so sehen können, er wäre zum zweiten Mal gestorben.

*

Mein Großvater sagte, Gott habe zwischen Männern und Frauen sehr viel Raum gelassen für sich selbst, doch gegen Ende der Aufklärung habe sich dieser Raum als so groß erwiesen, daß er darauf verzichtet habe, ihn zu bewohnen, weil er sich darin nicht wiederfinden konnte. Dank seines Kraftakts sei Gott schließlich durch die von ihm selbst geschaffenen Ereignisse überrollt worden, sagte mein Großvater, deshalb habe er den Menschen die nuklearen Mittel zu ihrer Ausrottung in die Hand gegeben. Das Problem des Raums zwischen Männern und Frauen, sagte mein Großvater, sei über die Jahrmillionen der Menschheitsgeschichte ungelöst geblieben, doch vom Grund der steinzeitlichen Höhlen bis zu den Spitzen der höchsten Wolkenkratzer sei der menschliche Wille, ihn zu verringern, so sehr gewachsen, daß wahrscheinlich eins der beiden Geschlechter am Ende das andere schlucken würde, früher sei im Krieg der Völker die Einverleibung des Gegners in der primitiven Form des Kannibalismus ja keine Seltenheit gewesen. So würde in naher Zukunft eines der beiden Geschlechter zur Legende werden, sagte mein Großvater, doch da er stets Vorsicht walten ließ, wollte er sich nicht auf das stärkere Geschlecht festlegen, in dem fortgeschrittenen Chaos, in dem wir lebten, konnte es jedes von beiden sein.

Schon nach ein paar Monaten großer Liebe haben wir uns voneinander entfernt, allerdings nicht symmetrisch, ich klammerte mich an dich. Um dich zu halten, benahm ich mich mir gegenüber genau wie du, ich zog mich von mir zurück, fing an zu trinken, und abends, wenn ich allein zu Hause war, machte ich mir Vorwürfe und drohte mir mit dem Verlassen. In dieser Zeit war ich nachts nicht mehr so schrecklich in deinen Träumen, weil du gar keine Träume mehr hattest. Überhaupt hast du selten geträumt in deinem Leben, hast du gesagt, deshalb seist du beim Aufwachen oft so schlecht gelaunt, du fühltest dich betrogen, wenn du die nächtlichen Bewegungen deines Geistes morgens nicht mehr ins Bewußtsein zurückholen könntest; daß bestimmte Informationen auf ewig in deinem Gedächtnis verloren waren, fandest du deprimierend.

Was deine Träume aus unserer Anfangszeit betraf, hatte ich dir ja schon tausendfach bewiesen, daß ich im Grunde genommen ein nettes Mädchen war wie Annie, die dir niemals weh tun würde. Im Bily Kun zum Beispiel sprach ich nie mit Fremden und lehnte jede Einladung auf einen Drink ab, ich überließ dir die Entscheidung, wann wir gingen, und wenn du woanders hinwolltest, kam ich mit. Der Grund für meine Treue war, glaube ich, nicht Liebe, sondern Feigheit. An einem Abend wollte ich nach Hause, um dir die Stirn zu bieten, doch unterwegs verlor ich den Mut und kam ins Bily Kun zurück, ich schämte mich, und als du gefragt hast, wo ich war, sagte ich, Zigaretten holen, ich hatte tatsächlich welche gekauft, um nicht als Lügnerin dazustehen, falls du später eine von mir haben wolltest. Damals hast du damit angefangen, mir lang und breit von Nadine und ihren kleinen Verrätereien zu erzählen und mich an ihrer Statt zu ficken. Ich frage mich, ob zwischen meiner Treue und der Tendenz, mich durch andere ersetzen zu lassen, eine Verbindung besteht.

In dieser Phase kam unsere Geschlechtsdifferenz wieder zu ihrem Recht. Wir hatten dazu unsere eigenen Theorien, die wir ständig wiederholten und um neue Argumente ergänzten, um den anderen zu überrumpeln und den Streit am Köcheln zu halten, bei dir ging es ums Testosteron, bei mir um die orgasmusgesteuerte Ovulation, unsere Enttäuschung war aufgeladen von biologischen Determinismen. Du sagtest, das Testosteron sei daran schuld, daß Männer ihre Frauen bis in alle Ewigkeit betrügen und ständig Kriege führen würden. Und da die Ursache der drängendsten Menschheitsprobleme in ihrem Blut zirkuliere, sei es nur folgerichtig, daß die Männer verzweifelt versuchten, dieser Probleme Herr zu werden, indem sie das Blut ihresgleichen vergössen. Frauen dagegen setzten ihr Beharrungsvermögen gegen den Bombenhagel und hielten die Männer wenigstens nachts bei sich fest. Ich sprach davon, wie Frauen sein sollten, das schwächte meine Theorie ein wenig, weil du von Tatsachen ausgingst und ich von Mythen. Ich sagte, ein Eisprung, der seinen Namen verdient, muß eine Entladung sein, ein von Schauern begleiteter Schub, der das Ei aus dem Eileiter preßt und direkt in die Gebärmutter wirft. So aber, mit Eizellen, die irgendwann durch den Körper schwirren, ohne daß mein Wille darauf einen Einfluß hat, sei es eine himmelschreiende Ungerechtigkeit, die seit den Anfängen der Menschheit den Lauf der Geschichte präge. Wenn die Fortpflanzung von der weiblichen Lust abhängig wäre, könnten die Frauen gar nicht anders, als eine endlose Zahl von Männern um sich zu scharen, die ihnen zu Füßen lägen, ihre Institutionen von unten her aufbauten und einander für Inkompetenz zur Rechenschaft zögen. Sie würden sich im Kampf um die Befriedigung der Frauen dermaßen aufreiben, daß ihnen gar keine Zeit zum Kriegführen bliebe, und sie würden nie auf die Idee kommen, mehr als eine Frau haben zu wollen. Unter diesen Voraussetzungen hätte die Menschheit nicht überlebt, sagtest du, denn wenn die Männer die verborgene Seite des weiblichen Fortpflanzungssystems und damit die Reproduktionsmechanismen nicht rechtzeitig erkannt hätten, wäre die Welt von Anfang an am Ende gewesen.

Wenn wir uns auf dieses Terrain begaben, endete es immer mit Gebell, und wir ekelten einander an.

*

Als du mich verlassen hattest, machte ich mich auf die Suche nach dir und fing damit bei jenen an, die dich beeinflußt hatten. Nachdem ich alle Filme von Woody Allen gesehen und einen Roman von Céline gelesen hatte, ging es mir schlecht. An diesen Männern ist mir nur aufgefallen, daß beide ziemlich geschwätzig waren und nur einer die Frauen liebte.

Eines Abends kam Josée vorbei und fand mich betrunken vor dem Fernseher, der ohne Ton Carrie Bradshaw und ihre drei Freundinnen in New York beim Shoppen zeigte. Josée hat sofort begriffen, daß ich an dich dachte und deshalb keinen Platz für jemand anderen hatte und daß sie für die Zeit, in der ich damit beschäftigt war, mir ein imaginäres Leben zu zimmern, ihre Freundin verloren hatte, und von dem Abend an habe ich sie nicht mehr gesehen. All meine Freunde haben sich in der Zeit von mir zurückgezogen, sie spürten die Einsamkeit, gegen die sie machtlos waren, weil du dahinter standest.

Drei Monate lang habe ich meine Wohnung Ecke Rue Saint-Denis und Rue Sherbrooke nur verlassen, um mich in der Boîte Noire zum Gespött zu machen. Letztes Frühjahr blühte es in Montreal wie nie zuvor, seit ich dort lebte, doch ich vergrub mich zu Hause und hing den ganzen Tag vor der Glotze, weil die Vorstellung, daß du übers Plateau Mont-Royal spazierst, daß du einfach ohne mich weiterlebst, für mich vollkommen unerträglich war. Das war die Phase, in der ich die Wände meiner Drei-Zimmer-Wohnung verwünschte, Kette rauchte, Bier trank, fernsah und Schlaftabletten nahm. Von frühester Kindheit an hatten mich meine Eltern vor der Dekadenz gewarnt, die sich durch die Familiengeschichte zog. Mütterlicherseits waren sämtliche Männer am Alkoholismus gestorben, und es gab in diesem Zweig auch einen gewissen Hang zum Ertrinken.

Drei Monate lang habe ich mir in der Boîte Noire täglich amerikanische Soaps geholt, ich habe sämtliche Folgen von den *Sopranos*, *Six Feet Under*, *Sex and the City* und *Law and Order* gesehen und Filme, die noch nie jemand anderer dort ausgeliehen hatte. Drei Monate lang liefen von morgens bis abends, wenn ich im Alkohol versank, Episoden aus Fernsehserien, von denen ich kaum etwas behalten habe. In diesen drei Monaten habe ich über zweihundert Dollar nur für Verspätungszuschläge ausgegeben, und die Angestellten lachten sich heimlich über mich schlapp. Immer wenn ich mit den Kassetten vom Vorabend ankam, lächelten sie einander aus den Augenwinkeln zu oder sahen, wenn gerade kein Verbündeter unter den Kollegen in der Nähe war, grinsend zu Boden. Jeder hatte eine besondere Art, sich hinter meinem Rücken über mich lustig zu machen, die Angestellten der Boîte Noire hatten Geschmack, sie hielten nichts vom Mainstream.

Auch du hast gern ferngesehen und Videos ausgeliehen. Du konntest nur zwei Dinge nicht leiden, Sciencefiction und Liebesszenen, fällt mir jetzt ein. Das hast du mir eines Abends gesagt, als ich dich fragte, warum du alle Küsse in den Filmen, die wir gemeinsam guckten, im Schnellvorlauf überspult hast. Ich weiß nicht, ob es in deinem Kopf eine Verbindung zwischen beidem gab.

Unter anderem habe ich mir letztes Frühjahr sämtliche hundertfünfzig Folgen von *Akte X* ausgeliehen und dabei sogar zwei, drei glückliche Momente erlebt. An einiges kann ich mich noch erinnern, zum Beispiel an die Folge, wo die Leute sich tot auf Polaroids sahen, obwohl sie in die Kamera gelächelt hatten, wie man es eben so macht. Sie sahen sich auf den Fotos als Opfer eines Verbrechens, und wußten in dem Moment, daß sie genau auf diese Weise ermordet werden würden, erwürgt, erstochen, enthauptet, mit wirren Haaren und absurd verrenkten Gliedern. Zum ersten Mal in der Geschichte konnten Menschen ihren eigenen Leichnam identifizieren. Die zwei FBI-Agenten kamen in ihren Nachforschungen dahinter, daß die Kamera Zeitreisen unternahm, um die sterblichen Überreste ihrer Motive ein paar Sekunden nach deren Tod festzuhalten, anscheinend konnte sie nicht nur in die Zukunft sehen, sondern auch über das Leben der Menschen hinaus. Ich wüßte gern, ob das auch bei mir funktionieren würde, oder ob die Kamera mir gegenüber die gleiche Reaktion gezeigt hätte wie das Tarot meiner Tante, ich wüßte gern, ob für mich ein Tod vorgesehen ist.

Die Agenten Scully und Mulder sind ein seltsames Paar, weil sie nie ficken. Der Kampf gegen die Kräfte des Bösen, die aus jeder Ecke des Universums hervorbrechen können, läßt ihnen dazu keine Zeit. Sie machen die größten Entdeckungen aller Zeiten, doch unglücklicherweise fallen diese stets einem Bürokollegen in die Hand, der auf der anderen Seite steht, im Lager der Lügner und Betrüger, die Panik in der Welt verbreiten und jegliche Ordnung stürzen wollen, weil sie an die Offenbarung eines höheren Lebens aus dem Weltall glauben. Vielleicht ist Scullys und Mulders Sexualität ja angesichts der Ungeheuerlichkeit einer Lichtjahre dauernden Reise zur Erde einfach erloschen. Vielleicht ist der Verlust der Sexualität ja etwas Ähnliches wie wenn man über Nacht weiße Haare bekommt, der Preis, den man bezahlt, wenn man die großen Erschütterungen des Lebens übersteht.

Ich dachte, womöglich führt die Nähe einer fremden und überlegenen Rasse zu dieser Gleichgültigkeit gegenüber dem anderen Geschlecht. Scully und Mulder ficken nicht, weil ihnen die Erde angesichts des außerirdischen Lebens auf einmal zu klein erscheint, flach und unterentwickelt im Verhältnis zur grandiosen Evolution der Eroberer. Vielleicht hegen sie den heimlichen Wunsch, sich mit Geschöpfen von anderen Sternen zu paaren, um sich in verbesserter Form zu reproduzieren. Der Fortpflanzungsinstinkt zielt zweifellos auf etwas Absolutes, auf eine Weiterentwicklung zur Vollkommenheit, vielleicht entdeckt die Medizin ja eines Tages, daß der Drang ins Universum dem Menschen seit Urzeiten eingepflanzt ist, daß schon unseren Ahnen in ihren Höhlen die Bestimmung innewohnte, das menschliche Elend im ganzen Weltall zu verbreiten, wie es die größte Befürchtung meines Großvaters war, wer weiß.

Seit du mich verlassen hast, bin ich nur selten aus dem Haus gegangen, zur Abtreibung, ins Delikatessengeschäft um die Ecke, ins Kino Lamour oder eben in die Boîte Noire. Wenn ich nicht vor der Glotze hockte, habe ich vorm Computer für dich gewichst. Wochenlang habe ich so gewichst, nicht nur aus Langeweile, sondern um mich mit dir zu versöhnen und gleichzeitig Frieden zu schließen mit meinen früheren Freiern, ich wollte noch einmal meinen Platz unter den Menschen finden, bevor ich ihn endgültig räumte. Ich wollte vor meinem Tod den Hurengroll loswerden, ich wollte mein Leben durch meine Rachsucht nicht unnötig verlängern, denn der Wunsch, die andern bezahlen zu lassen, und die Suche nach Gründen, wofür sie bezahlen sollen, kann einen lange am Leben erhalten. Mein Großvater, der der ganzen Welt zürnte und ihr tagtäglich den Untergang prophezeite, ist voriges

Jahr im Alter von hundertein Jahren gestorben, kein schöner Gedanke, daß er womöglich nur deshalb so alt geworden ist, weil er unbedingt das Ende der Welt mitkriegen wollte. Sicher hat er im Angesicht des Todes einen Moment lang an sich gezweifelt und sich sein leeres Leben vorgehalten, als er erkannte, daß er gehen mußte, bevor der Zorn Gottes, den er mit all seinen Kräften anrief, über die Menschheit hereinbrach.

Das mit dem Wichsen vorm Computer hat nicht funktioniert. Es war wohl ein Fehler, es mit deinen Pornoseiten zu probieren, der Anblick meines Geschlechts an anderen löste bei mir eine Panik aus, ich wurde dadurch zum Vergleich verleitet und so auf meinen Platz verwiesen. Ich habe mir sogar eingebildet, das weltumspannende Böse, das alle Internetsurfer miteinander verbindet, treibe hinter dem Bildschirm mit mir seinen Spott, es wußte bestimmt, daß deine Mädchen mich aus deinen Gedanken und sogar aus meinen eigenen Phantasien verdrängen würden. Ich mußte mich also, um zum Höhepunkt zu gelangen, in einen Mann hineinversetzen, und dazu brauchte ich Frauen, die älter waren als ich, so zwischen fünfunddreißig und vierzig mindestens. Heute weiß ich, daß wir in dieser Hinsicht einen unterschiedlichen Geschmack hatten. Dabei wollte ich doch nur Frieden finden im Gefühl einer angemessenen Sättigung, ich meine den Moment nach der Entladung, wenn der Krieger seine wohlverdiente Erholung genießt. Oberstes Ziel all dieser Mühen, hast du mir einmal gesagt, sei die Entspannung, Wichsen war für dich nichts anderes als Körperpflege, man scheidet aus, womit man sich infiziert hat, man kratzt sich, weil es juckt, man befreit den Geist für die anstehende Arbeit, außerdem war Wichsen ein Teil deiner Arbeit. Ich verließ deine Mädchen nach jedem Besuch trauriger und empörter denn je, sie brachten mich aus der Fassung, denn jedesmal, wenn es bei mir nicht klappte, schien mir, warst du der Gewinner.

Ich habe wohl nie aufgehört, eine Hure zu sein. In Modemagazinen kann man lesen, daß der Beruf der Hure alle Hürden zum Verständnis der Männer überwinde und Huren daher viel mehr über sie wüßten als andere Frauen, was sie zu starken Frauen mache, die den Inszenierungen des Verrats gelassen gegenüberstehen. Bei mir ist es genau umgekehrt, ich war nie so weit von den Männern entfernt wie als Hure, wenn man auf den Strich geht, muß man sich vor dem Verständnis hüten, das ist eine Frage des Überlebens.

Nach einiger Zeit hörte ich mit dem Wichsen auf, besuchte aber weiterhin regelmäßig deine Seiten, um nichts von dem zu verpassen, was du dort sahst, als Spionin sozusagen. Ich gab dir nachträglich Recht, daß deine Lieblinge, die Girls Nextdoor mit deinem besonderen Schätzchen Jasmine, tatsächlich wie Mädchen von nebenan aussahen, so wie die Huren der Escort-Agenturen an Mädchen aus gutem Haus erinnern. Die Girls Nextdoor wirkten so zugänglich und unkompliziert wie Nachbarinnen, man konnte sich vorstellen, daß sie wirklich zum Vergnügen fickten und in echt, und man konnte ihnen sogar die Inszenierung abnehmen, wie es dazu kommt, daß sie den ersten besten, der vorbeikommt, lutschen. Ich habe darüber auch eine Kolumne für deine Zeitung, *Le Journal*, geschrieben und frage mich, ob du sie gelesen hast.

Ich stelle mir vor, wie es wäre, wenn die Girls Next-door zu dir kommen, an deine Tür klopfen und dich um Asyl bitten, Zuflucht suchend unter den Fittichen deiner eins neunzig Größe, und sich an deinem gerührten Blick wärmen, während sie dir erzählen, daß sie den Schlüsseldienst anrufen müssen, weil sie nicht nach Hause können, und dabei ganz vergessen, daß sie unter ihrem Badehandtuch nackt sind.

Zu deiner Verteidigung hast du auf meine Eifersucht geantwortet, daß ich viel Schlimmeres gemacht habe, ja, das Schlimmste überhaupt. Du hast nie begriffen, daß die Untiefen, auf die ich stieß, mich nicht unbedingt aufgeschlossener machten für die Lebensart meiner Generation. Huren, meintest du, sollten lieber keine Predigten halten. Anscheinend hattest du noch nie etwas vom Pendelprinzip gehört, das es sowohl in dieser wie auch in der anderen Welt gibt, und wußtest daher nicht, daß sich bekehrte Huren gern in Moralapostel verwandeln.

Zu deiner Verteidigung hast du auch auf Fotos von mir verwiesen, die vor ein paar Jahren im Internet veröffentlicht wurden. Ich hatte dir gestanden, daß ich mit zwanzig für *Barely Legal* posiert hatte, ich hatte dir das gestanden, als wäre nach allem, was du über mich wußtest, noch Raum für Überraschungen gewesen. In dem Moment hast du übrigens gar nicht reagiert, erst einen Monat später hast du dir in den Kopf gesetzt, die Fotos zu finden, und mich um meine Hilfe gebeten.

Trotz meiner Informationen und unserer langen, geduldigen Suche haben wir kein einziges von diesen Bildern gefunden, und wenn ich darüber nachdenke, wundert es mich nicht. Seit frühester Kindheit bin ich mit diesem Mangel an Beweisen für meine Existenz geschlagen, doch heute, glaube ich, leiden andere mehr darunter als ich. Behinderte leiden oft so sehr an ihrem Handicap, daß sie sich Befangenheit gar nicht leisten können, ich zum Beispiel weiß gar nicht, was das ist, deshalb kann ich auch all diese Dinge schreiben. Trotzdem schade, daß keines von den Fotos mehr zu finden war. Sie hätten dir allen Grund gegeben, dich zu lieben beim linkshändigen Wichsen, denn mit zwanzig war ich praktisch noch Jungfrau, ein richtiges Girl Nextdoor, ich hatte noch nicht den Körper eines Pornostars, und bei meinem Anblick spürte man noch den Geruch von Sex statt von Geld.

Ich erinnere mich noch an den Tag des Shootings, das bei mir zu Hause stattfand; ich erinnere mich daran, wie genau ich die Polaroids durchgesehen habe, die vorweg gemacht wurden, um die passende Beleuchtung für meine Haut zu finden, und an meine Angst, geil zu werden, die mich fast verrückt gemacht hat. In den ersten zehn Minuten habe ich mich gar nicht wiedererkannt, ich hatte mich in meinem ganzen Leben noch nie aus diesem Blickwinkel gesehen, das war übrigens mein letzter Kontakt mit der Pornographie, bis ich dich kennenlernte. Schade, daß wir uns nicht damals ineinander verliebten, als ich zwanzig war, wir hätten uns sicher besser verstanden, und wir hätten noch zehn Jahre vor uns gehabt, um uns zu zerstören.

Da ich beide Seiten der Medaille kannte, hatte ich auch ein Rederecht, und ich ersparte dir keine meiner Überlegungen zu dieser Industrie. Meiner Ansicht nach waren Huren ebenso wie die Mädchen im Web dazu verdammt, sich selbst umzubringen, weil sie in jungen Jahren viel zu schnell ihre Lebensenergie verausgabten und sich lieber den Gnadenstoß versetzten, wenn es auf den letzten Kilometern zu rumpeln begann, als fortan durchs Leben zu kriechen. Durch ihren Selbstmord leuchten sie noch einmal hell auf wie die erloschenen Sterne, deren Licht uns zeitverzögert erreicht, wobei die Lichtexplosion am Ende bei weitem das strahlendste ist, wie die Astronomen sagen, vielleicht weil sie im Moment ihres Todes das beste von sich geben wie die Gehenkten. Vielleicht hätte dein Vater dieser Analogie zwischen der Existenz der Sterne und jener der Frauen, die von der Lust der Männer leben und sterben, in ihrem weithin sichtbaren Verlöschen zugestimmt. Mit seinem Sortiment an Linsen, Rot-, Blau- und Gelbfiltern und einem speziellen Fotoapparat, den er auf das Ende seines Teleskops montieren konnte, schoß dein Vater hunderte Bilder von den farbenprächtigen Feuergarben aus dem Bauch aufgerissener Novae und Supernovae. Dein Vater hatte eine Leidenschaft für die Astrofotografie, die Wände seines kleinen Observatoriums waren mit großformatigen Darstellungen kosmischer Phänomene tapeziert; eine zeigte das Ergebnis des Zusammenstoßes zweier Galaxien, aus dem diese bis zur Unkenntlichkeit zerschlagen hervorgingen, von schwarzen Wolkenbändern durchzogen, die an Blutspuren erinnerten. Am liebsten suchte dein Vater den Himmel nach Roten Riesen ab, die aufgrund der Instabilität ihrer Atome immer weiter anschwollen bis zu dem Punkt, an dem sie ihre Seele aushauchten; dein Vater liebte die Farben der Agonie, er kannte den Glanz der letzten Seufzer besser als wir.

Hätte Gott allen Lebenden einen so spektakulären Tod gegönnt, dann hätte die Welt einen Sinn. Das Leben würde doch gewinnen, wenn man es unter Verschleuderung seiner gesamten Substanz in einem grandiosen Flash verlängern könnte, doch anscheinend hat Gott es so gewollt, daß wir mit unserem Tod der Stille des Meeresgrundes anheimfallen oder dem Vergessen der Ghettos.

Zu meinen Betrachtungen über die Huren, die Mädchen im Web und den Kosmos hast du nichts gesagt. Du hattest schon begonnen, dich von mir zu entfernen, und das hieß für dich, daß du den Faden meiner Gedanken verloren hattest und dir nicht mehr die Mühe machtest zu antworten. Ich frage mich, in welchem Expansionszustand mein Körper sich befindet, wenn man nach meinem Tod die Tür zu meiner Wohnung aufbricht, weil der Gestank unerträglich wird.

In der Vergangenheit haben mir oft Freier gesagt, ich hätte den Körper eines Pornostars, sie wollten mir damit sagen, daß ich etwas Besonderes sei, hunderte Stunden Training und tausende Dollar für Schönheitsoperationen hatten meinen Körper gleichsam der Natur enthoben und in den Bereich der Kultur versetzt. Einmal habe ich dich nach dem Unterschied zwischen mir und den Pornostars gefragt. Daß ich da sei, hast du mir zur Antwort gegeben, daß ich im Gegensatz zu den Pornostars in deinem wirklichen Leben existiere und du mich jeden Abend in deinem Bett antriffst. Vielleicht wolltest du damit sagen, daß das ein bißchen zuviel sei, daß ich etwas zu verfügbar sei und dich das gelegentlich störe. Vielleicht wolltest du damit auch sagen, daß Pornostars aufgrund ihrer Situation die Geräusche und Gesichter derer, die sich an ihnen aufgeilen, nicht mitkriegen und deshalb nicht über sie urteilen können und daß dir das behagt. Es stimmt, kein Mann kann vor Augen wie meinen bestehen, die viel zuviel gesehen haben, das ist ja auch der Grund dafür, daß Pädophile Kinder lieben und Frauen sich Priestern vor die Füße werfen oder Soldaten, die nach langem Aufenthalt in Feindesland zurückgekehrt sind, sie wollen sichergehen, daß die Lust noch nicht abgenutzt ist.

An den Mädchen im Web war dir einiges aufgefallen, zum Beispiel, daß nie etwas aus der in ihrer Latexsterilität immerfeuchten Möse kam, nicht einmal die doch so weit verbreitete geronnene Milch, die dich manchmal rasend machte, wohl weil sie leise Zweifel in dir weckte, ob da ein anderer gewesen ist. Vollends begeisterte es dich schließlich, daß auch aus ihrem Arsch nichts kam und daß man, so weit man vordrang, nirgends Scheiße fand. Sie sind so sauber, hast du zu mir gesagt, vermutlich um mir zu verstehen zu geben, daß du etwas gegen meine Scheiße auf deinem Schwanz hattest, wenn du mich von hinten nahmst, und daß Scheiße die Liebe tötet, auch wenn man selbst nach ihr bohrt. Daß ich nichts für die organischen Stoffe im menschlichen Körper konnte, auf die man in höchster Erregung manchmal stößt, hat dich nicht sonderlich beruhigt, was verständlich ist, wenn man bedenkt, daß die Berührung eines Kadavers zum Tod führen kann.

Wir redeten beide zu viel. Wir breiteten unser Inneres voreinander aus und entblößten unsere Häßlichkeit, vielleicht war das unsere Art, die Waffen zu schwingen, um den anderen zum Rückzug zu bewegen. Du hast Dinge gesagt, die nicht dazu gedacht sind, gesagt zu werden, zum Beispiel, daß du deinen Schwanz fotografiertest, um daraus eine Serie zu machen, detailgetreu bis in die unzugänglichsten Stellen, eine umfassende Darstellung deines Schwanzes auf dem Bildschirm, und daß dir von allen thematisch geordneten Bildern auf deinem Computer die von deinem Schwanz am liebsten seien, weil eure Erregung in einem symmetrischen Wechselspiel sich gegenseitig beflügle. Die Dicke deines Schwanzes variiere von Tag zu Tag, hast du gesagt, das hänge von der Stärke der Erregung ab, es sei ein Problem, das letzte Stadium der Erregung festzuhalten, weil er nur wenige Sekunden seine maximale Größe habe und sofort zusammenfalle, wenn er losgelassen werde, deshalb kämst du zu früh.

An dieser Stelle deiner Erzählung habe ich dich unterbrochen, ich kann mich sehr gut daran erinnern, wir waren im Bily Kun, Nadine war auch da, sie lehnte vor einem Glas Bier an der Bar in einem Kreis von Männern, die du kanntest, sie hatte den Kopf in den Nacken geworfen und sprühte vor guter Laune. Wir hatten wie immer Koks genommen. Um von deiner Freude über deine Fotosammlung nicht ganz ausgelöscht zu werden, berichtete ich von einem ähnlich gelagerten Fall bei einem früheren Freier, der mir gestanden hatte, er onaniere zu der Vorstellung, daß er sich einen runterholte. Tut mir leid, Schatz, wenn ich an dem Abend deinen Vortrag über dein Leiden unterbrochen habe, statt schweigend in die Gegend zu schauen, wie es Menschen machen, die die Schande anderer zu tragen haben. Von diesem Abend an ging es stetig bergab mit uns, wir hatten beide verstanden, daß dein Rückzug auf deinen Schwanz viel über unsere Zukunft verriet; es war vielleicht deine Art, dich zurückzunehmen, um dich einer anderen hingeben zu können.

Du fandest es antiquiert, daß ich dir böse war wegen deiner Manie. Mein Großvater habe zu großen Einfluß auf mich gehabt, meintest du, ich hätte ihm zuviel Gehör geschenkt und die Lebensweisheiten seiner Generation übernommen. Daß er Bauer war, sagte sowieso schon alles. Bauer zu sein bedeutete deiner Ansicht nach, auf Abstand zu gehen von den Menschen und die unberührte, rohe Materie zu idealisieren, der Technik zu mißtrauen und Angst vor dem Einschalten des Fernsehapparats zu haben, nicht zu verstehen, daß Bilder geil machen, aber niemanden töten, weil ihre Wirkung auf die Intimität der Wohnung beschränkt ist. Über den Köpfen der Bauern auf ihren Weizenfeldern schwebe tagaus, tagein der liebe Gott, den sie auch allein dafür verantwortlich machten, wenn der Weizen nicht sprieße, womit sie sich unnötigerweise seinem Zorn aussetzten und die ersten seien, die er treffe. Uns Stadtbewohnern dagegen böten die Wolkenkratzer wie ein Schutzschild Sicherheit vor der Strafe.

Wir lebten im Zeitalter der Pornographie und müßten das akzeptieren wie die großen Klimaveränderungen, fandest du, deshalb sollten wir uns von dem letzten Gestammel des Papstes verabschieden und den Teufel aus der Welt werfen. Pornographie gehöre mittlerweile zum Alltag, sie werde sogar von Ärzten verordnet. Außerdem sei die beziehungsstärkende Wirkung von Sex wohlbekannt. Heutzutage, antwortete ich, werde Sex nicht mehr zu zweit betrieben. Angesichts der Reize der Girls Nextdoor, die deinen Computer bevölkerten, hatte ich immer den Eindruck, bei einer Nummer zu stören und daß es deshalb am besten wäre, auf Zehenspitzen hinauszugehen, dabei fällt mir ein, daß ich gegen Ende unserer Geschichte aus Angst, mich überflüssig zu fühlen, abends oft deine Wohnung verlassen habe. Anfangs hast du ein paarmal versucht, mich zurückzuhalten, weil du glaubtest, ich wollte zu einem Geliebten, du hieltest es für eine Flucht, ohne daß du dir eines Fehlers bewußt gewesen wärst, später hast du mich wortlos gehen lassen, weil du verstanden hattest, daß es ein Geschenk war.

Eine Zeitlang hast du versucht, die Dinge geradezubiegen und mich in den Cyberporno einzuführen. Vor deinem Bildschirm, hast du mir versichert, sei auch Platz für zwei. Meine Manie, an den Alltag der Mädchen zu denken, war dir fremd, für dich existierten die Bilder nicht wirklich, sie hatten nicht die Dichte des Lebens. In dieser Phase fing ich an, richtig panisch zu werden, ich hätte alles getan, um dir zu gefallen, ich wäre sogar zum Freier geworden, und Kollaboration schien mir die einzige Möglichkeit, bei dir zu landen, bis ich begriff, daß es dazu nicht kommen würde, jedenfalls nicht richtig, ich hatte viel zu viel Angst, und die Angst hielt mich davon ab, irgend etwas zu tun, dazu ist die Angst nämlich da, um Menschen an verbrecherischem Tun zu hindern. Zu der Zeit habe ich auch begriffen, daß mich meine Freier bis in unsere Beziehung verfolgten und daß ich eine betrogene Frau war, weil ich mit dir zusammen in der schlechteren der beiden Welten lebte. Manchmal vermißte ich die Prostitution. Ich habe mich sogar gefragt, ob ich mich mit meinen Freiern über dich hinwegtrösten könnte, und wenn ich mich tatsächlich prostituiert hätte, wäre das aus Gründen geschehen, die ich nicht hätte verstehen können, bevor ich dich kannte.

Eine ganze Woche lang habe ich deine Einführung mitgemacht, ich habe die Bewegungen verfolgt, die dich in deiner Cyberwelt stets an den gewünschten Ort führten, du warst geschickt und sehr schnell, ein Meister der Tastatur, die Bilder auf deinem Bildschirm folgten dem leisesten Druck deiner Finger, es war die reinste Taschenspielerei. Du warst ein echter Computerfreak, und all deine Freunde erkannten das an: Mit deinem Talent würdest du es noch weit bringen in deinem Leben.

Ich habe mich in dieser Woche oft gefragt, ob sich in der Masse der Surfer, die sich mit uns im Web drängelten, auch Familienmitglieder befanden, Verwandte wie dein Vater zum Beispiel oder sogar deine Mutter. Du hast mir einmal gestanden, daß deine Mutter alles über dich weiß, daß zwischen euch keine Tabus bestehen und du ihr nie etwas verheimlicht hast. Ihr habt euch auch gegen deinen Vater verbündet, als er versuchte, die Regeln am Tisch zu bestimmen. Du hast ihr sogar erzählt, daß du dir kostenlos Pornos aneignest, indem du den Paßwortschutz umgehst und sie anschließend hinter eigenen Paßwörtern versteckst. Deine Vorliebe für Pornos, hast du ihr weiszumachen versucht, sei im Grunde nichts anderes als die Lust an der Piraterie, es sei ein fesselndes Spiel, die Festungswälle kostenpflichtiger Seiten zu knacken und Frauen zu rauben, die man anschließend dem eigenen Bestand einverleibt. Deine Mutter hat dir nie etwas vorgeworfen, nicht einmal, daß du vor deinen Großeltern Haschisch geraucht hast, und wenn ich sagte, deine Mutter sei keine richtige Mutter, war es dir nicht recht.

Ich dachte in dieser Woche auch an die Ehepaare, die keine Lust mehr aufeinander hatten und es sich zu Hause gemütlich machten, um Trost im Web zu suchen. Nie habe ich vor dem Bildschirm an uns beide gedacht. Ich dachte, daß mein Computer für diese Tätigkeit wahrscheinlich besser geeignet wäre als deiner, weil sich die Fotos auf meinem Bildschirm langsam und abgehackt von oben nach unten aufbauten und damit einen Striptease-Effekt hervorrufen könnten, während dein Highspeed-System einem die Bilder so schnell ins Gesicht spuckte, daß man erst einmal zurückwich. Bei mir dauerte es immer ein paar Sekunden, den Bildschirm zu entziffern und die Puzzleteile zu einem Bild zusammenzufügen. Oft nahmen einzelne Bildausschnitte schon ihren Platz ein, ohne daß man sie den Körpern nackter Mädchen zuordnen konnte, und um die fehlenden Personen zu rekonstruieren, mußte man schon die Phantasie benutzen.

So saßen wir nebeneinander und sahen viele Fotos. Während der Einführungswoche hatte ich Probleme mit meinem Spiegelbild, es schockierte mich, daß ich bei näherem Hinsehen im Vergleich zu Jasmine bereits im fortgeschrittenen Alter war, mit den ersten Fältchen und ein paar grauen Haaren. Ich hätte dich damals fast verlassen, aber es war Winteranfang, die Zeit der Feste rückte näher, und da ich schon an der Schwelle zu meinem Todesjahr stand, lohnte es ohnehin nicht mehr, etwas zu unternehmen.

Jasmine ist mir vor allen anderen im Gedächtnis geblieben, Jasmine, das Mädchen von nebenan, das du wie eine kleine Schwester liebtest, vielleicht weil sie auf einer Website mit dem Namen Little Sisters auftrat. Sie trug eine braune Langhaarperücke, die ihren siebzehn Jahren etwas Doppeldeutiges verlieh, sie machte sie älter und lenkte die Aufmerksamkeit damit nur um so mehr auf ihre Jugend. Sie hatte etwas Rührendes, fanden wir beide, und wenn sie nicht Model gewesen wäre, hätte sie vielleicht Streichhölzer verkauft oder sich als Aschenputtel ihrer Lumpen geschämt. Um sie herum war es düster, im Hintergrund Backstein, so daß das Ganze die kühle, feuchte Atmosphäre eines Kerkers hatte. Es gab hunderte Fotos von ihr, angezogen, kokett in Unterwäsche oder völlig nackt. Ich biß mir oft auf die Zunge, wenn ich diese Bilder betrachtete, nur um etwas anderes zu spüren als Niedergeschlagenheit; wärst du ein Freier gewesen, hätte ich dich dafür bezahlen lassen. Die meisten Fotos waren mißlungen und ähnelten einander, ich stellte mir vor, daß der Ständer des Fotografen in seiner Panik Jasmine aus dem Bild gedrängt hatte oder daß der Fotograf nur verlogene Kunst machen sollte, die die Wirklichkeit verbarg, statt sie zu zeigen. Man müsse die Reihenfolge der Fotos im Layout beachten, hast du mir erklärt, nur so könne man die Stadien der Entkleidung im einzelnen nachvollziehen; wenn man die Bilder nacheinander von rechts nach links durchlaufen lasse, erschaffe man die Wirklichkeit neu. In diesem Bereich waren nicht Komposition oder Schönheit der Bilder entscheidend, sondern das Gefühl der Nähe, so als hätte man die Fotos selbst gemacht, letztlich sollten sie den Eindruck von Familienfotos erwecken.

Auf den Fotos war Jasmines Gesicht zu sehen, das gefiel mir nicht. In diesem Bereich, fand ich, waren Gesichter überflüssig und störend; die Begegnung mit einem Blick, und sei es auch nur auf dem Foto, gab mir das Gefühl, selbst gesehen zu werden, und verhinderte so jeden Anflug von Lust. Bei dir war es umgekehrt, du brauchtest Gesichter aus Gründen der Identifikation, wenn ich auch nicht genau wußte, was das heißen sollte; ich habe mir gedacht, du möchtest die Mädchen identifizieren können, falls du sie auf der Straße triffst oder, noch besser, als Nachbarinnen. Wenn Jasmine ganz nackt war, hatte sie einen ernsten Ausdruck im Gesicht; dieser Moment der Versenkung vor dem Akt sollte mit dem größten Ernst erfolgen, hast du gesagt, nackt sein bedeute für dich bereit sein, und bereit sein heiße, es werde ernst. Ich wußte, daß du einen Ständer in der Hose hattest, und zum ersten Mal setzte mich dein Ständer unter Druck, ich fühlte mich verstoßen.

Nach den Fotos kamen die Videosequenzen, wo Jasmine ihre kleinen Brüste aus einem roten Büstenhalter holte, ihr weißes Höschen zur Seite zog und sich mit geöffnetem Mund den Finger in die Möse steckte, sie befolgte die Gesetze des Marktes akkurat. An dieser Stelle zogst du mir die Hose herunter, um mein Höschen beiseite zu schieben und mich von hinten zu nehmen. Ich wußte nicht, was ich tun sollte, weil es mir ausgeschlossen schien, dir zu gefallen, also spielte ich kleines Mädchen und senkte beim Weinen den Blick, ich fühlte nur eine große Qual, die wahrscheinlich von dem Eindruck herrührte, daß du eine andere ficktest, ohne daß ich darauf irgendeinen Einfluß hatte. In einer letzten Rückzugsgeste überließ ich Jasmine mein Geschlechtsteil, ich gab mich geschlagen und rührte mich nicht mehr. Ich hatte mich selbst ausgelöscht und damit jede Erinnerung an die in vier Millionen Jahren Zähmung der Geschlechter herausgebildeten Gesten; ich wußte auf einmal nicht mehr, wie man sich vor einem Mann bewegt oder stöhnt, der ganze Raum war eingefroren. Nachdem ich meinen Körper sich selbst überlassen hatte, übernahm er die Führung; meine trockene Möse verengte sich, als ob sie deinen Schwanz aus sich hinauspressen wollte, sie begann zu krampfen wie der Magen, wenn er etwas, das ihm nicht guttut, loswerden will, doch du hast dich nur enger an mich gedrückt, weil deine Lust durch diesen Widerstand noch größer wurde.

Auf dem Bildschirm gab es zu viele wichtige Einzelheiten, du hast sie vielleicht gesehen, ich nicht, ich habe mich gefragt, ob du meinen Arsch angesehen hast oder den von Jasmine, ich habe mich auch gefragt, ob ich an eurer Geschichte, in der ich als Standleitung zum Bildschirm diente, überhaupt beteiligt war, ich habe mich sogar gefragt, ob wirklich ein Kontakt bestand zwischen meiner Haut und deiner. Ein Hund bellte im Parc Lafontaine, und ich dachte, wieviel Mühe sich Hunde doch geben, um von ihrem Herrchen geliebt zu werden, ich habe auch an die junge

Tschechin im SAT gedacht, die du mit Bier übergossen hast, weil du sie zum Tanzen bringen wolltest, und an meine mit beinahe dreißig schlaffer werdende Haut, die du gepackt hieltst. Ich dachte an alles mögliche, weit weg von deinem Starren auf eine in Endlosschleife immer wiederkehrende Jasmine mit zur Seite gezogenem Höschen.

Ein Wasserglas fiel zu Boden, und als ich es aufheben wollte, stieß ich mir das Auge an einer Ecke deines Schreibtischs, das war der Moment, wo du kamst. Ich blieb einfach so und verfolgte die Ausbreitung der Pfütze unter deinem Schreibtisch bis zu einem Papierkorb voller Papiertaschentücher, in denen sicher kein Rotz war, denn Schnupfen hast du nie gehabt. Um mir hochzuhelfen, nahmst du mich unter den Achseln, und als du mein verheultes Gesicht sahst, machtest du eine erstaunte Miene. Du hast mich dann auf dein Bett gesetzt, um besser den Arm um mich legen zu können. Beim Ficken war dir gar nicht aufgefallen, daß ich weinte, du dachtest, die neue Erfahrung eines pornographischen Elements in unserem Liebesspiel sei der Grund für die seltsamen Töne. Es ist nichts, sagte ich, und daß wir nicht aufgeben sollten, am Ende würde mein Glaube an deine Liebe so groß sein, daß keine andere mich mehr aus deinem Herzen vertreiben könnte.

Ich weiß nicht, ob mein Großvater sich zu seinen Lebzeiten je gefragt hat, warum Weinen und Jauchzen so ähnlich klingen, doch wenn er es getan hat, muß er Gott für ziemlich pervers gehalten haben, daß er den

Menschen diese Verwirrung auferlegte, an der er sich droben in seinem Reich aufgeilen und ins Fäustchen lachen konnte.

In dieser Woche hast du mir vieles beigebracht, aber ganz übersehen, daß du mir nicht die Lust gezeigt hast, sondern jede Nuance deiner verschiedenen Gesichtsausdrücke dabei, die ich in Zukunft beim Ficken immer würde entschlüsseln müssen. Du hast ganz übersehen, daß ich mich nun der Gesamtheit der Mädchen aus dem Web, die hinter deinen geschlossenen Lidern auf mich herabblickten, stellen mußte, wenn ich unter dir lag, und danach nicht mehr mich in deinen Augen sehen könnte, sondern nur noch an die Mösen der anderen glauben würde. An dem Abend, als du mich verlassen hast, hast du zu mir gesagt, daß im Kreis deiner Freundinnen und Ex-Freundinnen sich nie eine über diese Angewohnheit beklagt habe und ich von allen, die du kanntest, die einzige sei, die sich darüber empörte. Daraufhin habe ich dich gefragt, ob irgendeine von denen fünf Jahre auf dem Strich war, und du hast mir keine Antwort gegeben, weil ich manchmal, wie du fandest, ziemlich gewagte Zusammenhänge herstellte, um meiner Ansicht Geltung zu verschaffen.

Ich wüßte gern, ob du die letzten Fotos von Jasmine kennst, gestern erst sind neue erschienen, auf denen sie keine Perücke mehr trägt und genauso alt aussieht, wie sie ist. Immer wenn ich sie sehe, muß ich an uns denken, an meine Unbeholfenheit angesichts ihrer digitalen Schärfe und daran, was in den Köpfen schwanzwedelnder Hunde vorgeht. Seit ein paar Wochen schaue ich nicht mehr in den Spiegel, ich weiß nicht, ob ich gealtert bin.

*

Als du mich verlassen hattest, machte ich mich auf die Suche nach dir und stieß dabei einige Türen auf. Als erstes besuchte ich das Cinéma L'Amour, Ecke Boulevard Saint-Laurent und Rue Duluth. Freddy hatte mir einmal von diesem kleinen Kinosaal erzählt, wo Männer sich an echten Pärchen begeilten, die auf einer kleinen, rot erleuchteten Bühne richtig fickten. Er selbst sei ein paarmal dort gewesen, aus Neugier, wie er mir gestand. Nach acht Jahren Ehe ohne Seitensprung sei er sich so unerfahren vorgekommen, und diese Naivität habe ihn bedrückt, er habe sich dank langjähriger Treue schon wie ein alter Hagestolz gefühlt. Ich ging ein paar Wochen lang hin, bis ich merkte, daß ich schwanger war, und empfand es im Vergleich zu deinem Computer als Fortschritt, immerhin war es ein erster Schritt der Annäherung an die anderen. Ich hatte auf etwas menschliche Wärme gehofft, aber vergessen, dass diese Art Wärme nur aus der Distanz vollkommener Anonymität strömt.

Und dann wollte ich wohl, daß die Falle über mir zuschnappt. Zu diesem Zeitpunkt war meine Entscheidung gefallen, ich weigerte mich wieder einmal, aus dem Loch zu kommen, wie in der Vergangenheit, ich weigerte mich wieder einmal, mir eine zweite Chance zu geben … Todgeweihte haben das Recht, sich gehen zu lassen, ich hatte das Recht zu sterben, wo es mir beliebte. Als ich das Freddy sagte, warnte er mich vor dem Cinéma L'Amour, dort lungerten nur Greise herum, die nichts anderes im Sinn hätten, als neugierige kleine Mädchen wie mich zu bespringen, er wollte wohl allen Eventualitäten vorbeugen, wenn man an so einem Ort vergewaltigt wird, ist eine Strafverfolgung anscheinend von vornherein zwecklos, und in den gerichtlichen Verfahren nimmt die öffentliche Meinung das Opfer nicht in Schutz. Dazu muß man sagen, daß Freddy Sex nach rechtlichen Maßstäben betrachtete, er hat auch auf einem Standesamt vor dem Friedensrichter geheiratet. Ich sagte zu ihm, ich sei an Greise gewöhnt, und daß ich manchmal sogar ihren Atem vermisse auf der potentiellen Möse, die ich für sie sei, an ihnen wolle ich meine blonde Weiblichkeit testen, ob ich nicht, seit ich keine Hure mehr war, die elementarsten Dinge verlernt und das magnetische Feld verlassen hätte, in dem sich große Verführer mit Femmes fatales treffen. Vielleicht verströmte ich, nachdem ich so oft berührt, abgeschleckt und von allen Seiten genommen worden war, nur noch den Geruch verbrannter Erde.

Freddy, der schon immer ein Kavalier war, hatte sich als mein Begleiter angeboten, aber an Ort und Stelle kamen wir schnell überein, daß die Anwesenheit des anderen ein Hindernis beim Wichsen wäre. Wir trennten uns also am Eingang und verabredeten uns eine Stunde später am Hinterausgang in einer kleinen Gasse, wo die Mülleimer der benachbarten Geschäfte herumstanden, die Gassen gehören den Schuldigen, die Gassen bilden ein Paralleluniversum, das der helle Tag nicht erreicht, die Gassen sind die Unterwelt meines Großvaters. Niemand verläßt das Cinéma L'Amour durch den Eingang am Boulevard Saint-Laurent, weil niemand vor den Passanten sein Gesicht verlieren will. Frauen zahlen hier keinen Eintritt wie überall, wo öffentlich gefickt wird. Es ist allgemein erwiesen, daß die pure Anwesenheit von Frauen sich gewinnbringend auf die Geschäfte der Männer auswirkt, sie ziehen Männer an und brauchen selbst nicht viel. Sie wollen nur, daß ihre Löcher gestopft sind, und dazu müssen sie nichts weiter tun als die Hand ausstrecken und sich nehmen lassen, an solchen Orten sind Frauen wohl eher angepaßt, das fällt übrigens beim Lesen von *Das sexuelle Leben der Catherine* M. zuerst ins Auge, das Angepaßte. Ebenso ist erwiesen, daß kranke Menschen wie ich sich gern selbst zu Versuchskaninchen machen, nicht um zu gesunden, sondern um der Vernichtung nicht passiv ausgeliefert zu sein, das ist eine Frage der Würde.

Das erste Mal begeilten sich ungefähr zwanzig Männer im Halbdunkel an drei Pärchen, die abwechselnd in verschiedenen, genau kalkulierten Blickwinkeln drei Stellungen einnahmen, Frau oben, Frau unten und Mann von hinten. Die Laute, die sie von sich gaben, wurden per Mikrofon verstärkt und mischten sich im Saal mit den Geräuschen der im Halbdunkel verteilten Wichser. Wozu das viele Halbdunkel, fragte ich mich und erinnerte mich daran, daß meine früheren Freier alle einen Beruf hatten und meist auch Familie, die öffentliche Zurschaustellung von Sex heißt vor allem, sehen ohne gesehen zu werden, man bezahlt dafür, daß man unbehelligt bleibt. Jasmine wird dich nie aus dem Bildschirm sehen. Nie wird sie etwas erfahren von den Dramen und Versöhnungen um ihre Person oder von den Prüfungen der Verrückten, die an ihr nach dem suchen, was die geliebten Männer geil macht.

Dieses erste Mal bin ich bald gegangen, weil mir plötzlich einfiel, daß Jasmine zur selben Zeit auf dem Bildschirm deines Computers erscheinen könnte, während die Männer um mich herum wichsten, und weil die plötzliche Erkenntnis, daß ich dich am falschen Ort vermutet hatte, mich zu sehr mitnahm, als daß ich noch von den Pärchen hätte profitieren können, und da ich wußte, daß du woanders warst, wollte ich mich sofort auf die Suche machen. Ich habe nicht auf Freddy gewartet in der Gasse. Ich bin in mein Auto gestiegen und bei dir vorbeigefahren, ich sah, daß die Vorhänge in deinem Schlafzimmer zugezogen waren, und meine Hände begannen so zu zittern, daß ich fast die Kontrolle über das Lenkrad verloren hätte. Das war das letzte Mal, daß ich mich in die Nähe deiner Wohnung wagte. Kaum war ich zu Hause, rief ich Freddy an, er hatte überall im Saal nach mir gesucht und sich große Sorgen gemacht.

Danach kehrte ich noch ungefähr zehnmal an diesen Ort zurück, um den Geräuschen zu lauschen, die die Liebe von sich gibt, wenn sie sich auf sich selbst zurückzieht, ich mußte an die Geräusche aller Männer denken, die ich kannte, auch an deine. Diese warmen Orte, dachte ich, sind wie ein Mutterbauch, in dem das leiseste Raunen so wie die tiefsten und die hellsten Gluckser zu einer Weise werden, die Welt zu erkunden, es sind nicht die Augen, dachte ich, die direkt zur Seele führen, es ist die Stimme. Mein Großvater sagte, daß viele Menschen Gott gehört hätten seit Anbeginn der Zeit, doch nie habe ihn jemand gesehen. Anfangs habe ich mich nicht getraut, im Saal zu wichsen, und damit gewartet, bis ich zu Hause war. Dann wollte ich es mir geräuschlos im Halbdunkel machen, um nicht als Frau erkannt zu werden, aber vergebens, ich mußte zu sehr an dich denken, ich fragte mich, wo du warst, du warst nicht da, der Bildschirm deines Computers kam mir in den Sinn, ich stellte mir grausame Szenen vor, wo du dich an anderen aufgeilst, ich sah dich dabei lächeln.

Ich zog immer weite Sachen an, wenn ich ins Cinéma L'Amour ging, wie Frauen über vierzig, um meine Brüste zu verstecken, die im Internet als zu groß für Liebhaber kleiner Brüste, aber zu klein für Liebhaber großer Brüste galten. Ich nahm immer die Sportsachen, die du bei mir gelassen hattest, die schwarze Schirmmütze, die riesige Jacke mit dem hohen Kragen, die mir bis zu den Knien reichte, und die schwarze Hose mit den weißen Streifen, die ich unten abgeschnitten hatte und so weit wie möglich auf die Hüften herunterzog, um meinem vermeintlichen Schwanz Raum zu geben. Mag sein, daß mich meine

Verkleidung als Mann noch weiblicher machte, so wie die Perücke Jasmines siebzehn Jahre noch heller leuchten ließ, aber dahinter muß mein Wunsch nach Ungestörtheit deutlich zu spüren gewesen sein, jedenfalls kümmerte sich im allgemeinen keiner um mich. Außerdem interessieren sich Männer an so einem Ort vermutlich vor allem für andere Männer und haben wie ich die Augen geschlossen, wenn ihre Hand sich verstohlen ans Werk macht, um die anderen besser zu hören, wobei sie so tun, als sähen sie den Pärchen auf der Bühne zu.

Stoßzeiten wie freitags zwischen achtzehn und zwanzig Uhr waren mir am liebsten, dann riß mich die Intensität der Geräusche so sehr mit, daß ich alles andere vergaß, die Gefahr einer Entdeckung und manchmal sogar deine Existenz. Zwei-, dreimal kam ich unter größten Anstrengungen zum Orgasmus, doch danach überfiel mich die Traurigkeit noch schlimmer als sonst und hielt tagelang an, vielleicht weil etwas in mir funktionierte, ohne daß einer von uns beiden etwas damit zu schaffen hatte. Es ist nicht leicht zuzugeben, daß das Leben einfach weitergeht, nicht weil man sich dafür entschieden hat, sondern weil man nichts gegen seine organische Kraft tun kann, die sich ihren Weg bahnt, ungeachtet des menschlichen Willens, ungeachtet des Unrechts gegenüber den Kleinsten, etwa den armen Kindern, die man in Uniformen steckt und als Ersatz für die gefallenen Soldaten aufstellt, wenn die Männer schon alle tot sind. Es ist nicht leicht zuzugeben, daß das Leben sich der Hungernden und Kranken bedient, um zu wachsen, noch in Form von Weizensäcken, die aus Flugzeugen abgeworfen werden, noch in Form der Kreuzung von Rinderrassen in Laboratorien und in Form von Antidepressiva, die erschöpfte Seelen zur Bewegung zwingen. Dieses Leben, das sich im Dunkel der Zeiten verliert und immer Recht behält, das aus dem Schlimmsten wieder neu hervorsprudelt, um sich von neuem durchzusetzen und alle Fehler der Vergangenheit von Anfang an zu wiederholen, dieses Leben will ich nicht mehr ... Wenn ich bedenke, daß man den Mut der Überlebenden feiert, die doch nur vom Leben hinterhergeschleppt werden!

Wenn ich lange genug mit geschlossenen Augen dasaß, floß mir manchmal ohne Vorwarnung Sperma über die Wangen, oder ich schlug die Augen auf und sah einen auf meinen Mund gerichteten Schwanz. Die Männer, die sich mir an diesem Ort näherten, waren leise, wo ich doch nichts anderes als ihnen zuhören wollte. Jedesmal, wenn so etwas passierte, riß der Faden meiner Träumereien, ich hatte die Lust an den Geräuschen der Männer um mich herum verloren und ging. Das war wie nach den After Hours im Morgengrauen, wenn man sein von den Stunden der Finsternis gezeichnetes Gesicht, schamhaft hinter einer Sonnenbrille verborgen, dem Tageslicht aussetzt, weil man dringend an einen Ort muß, wo man niemanden mit seiner Anwesenheit überrascht. Ich ging nach Hause, wo ich bei zugezogenen Vorhängen auf meinem Telefondisplay nachsah, ob deine Nummer unter den Anrufen war; du hättest ja in meiner Abwesenheit Lust bekommen haben können, mich zu sprechen, du hättest ja aus der Entfernung spüren können, daß ich fiel. Ich hätte lieber einsehen sollen, daß der Versuch, im Keuchen von anderen einen Teil von dir wiederzufinden, mich deine Abwesenheit nur um so deutlicher spüren ließ. Ich hätte es ein für allemal für unannehmbar erklären sollen, daß sich hinter den anderen unterirdische Gänge zu wieder anderen öffnen und daß man selbst für andere ein Kanalnetz bilden kann, wo man sich durch den Auswurf tastet, den Männer von sich geben, wenn sie sich erleichtern. Nach ein paar Wochen wurde mir schlecht, sobald ich die Augen schloß, woran ich erkannte, daß ich womöglich schwanger war. Die Geräusche im Cinéma L'Amour hatten sich verändert und von deinen gelöst, du hattest deine wahrscheinlich im Kontakt mit anderen Frauen weiterentwickelt, deine Geräusche stan-den ihren nun gegenüber wie in einem Wechselspiel von Echos, komplementär und unnachahmlich. Nach ein paar Wochen schlief ich ein, sobald ich die Augen schloß, in dieser Periode meines Lebens machte ich nur unangemessene Dinge. Bald darauf bestätigte sich meine Schwangerschaft durch einen Test aus der Apotheke, das änderte eine Zeitlang alles, mein Todeszeitpunkt war in Frage gestellt. Erst am Tag nach der Abtreibung stand meine Entscheidung wieder unumstößlich fest, da habe ich auch begonnen, dir diesen Brief zu schreiben.

Freddy begleitete mich weiterhin ins Cinéma L'Amour, seine Freundschaft zu mir ging sehr weit. Bevor ich dich kennenlernte, haben wir jedes Wochenende im Parc Lafontaine gepicknickt, sicher haben wir auch unter deinem Schlafzimmerfenster einmal eine Flasche Wein geöffnet. Im Saal war Freddy immer in meiner Nähe, wenn auch weit genug weg, daß ich nichts von ihm hörte. Wahrscheinlich gelang ihm das Wichsen besser als mir, aber ich war mir nie sicher. Er machte nachher auf der Gasse das gleiche Gesicht wie am Eingang, auch seine Hände waren genauso wie vorher, sie trugen keine Spuren seines Schwanzes. Seine Augen waren von dem, was sie gesehen hatten, nicht größer geworden, und auch die übliche Mischung aus Befriedigung und Scham war nicht in seinen Zügen zu lesen. Zum Inhalt seiner Besuche ließ er nichts verlauten, er hat mir nie verraten, wie die distanzierte Gegenwart von Frauen im roten Bühnenlicht auf ihn wirkte. Auch seine Motive blieben im Dunkeln, ich weiß aber, daß er seine Gründe hatte, mich ins Cinéma L'Amour zu begleiten und es immer mit mir gemeinsam zu verlassen. Er ging immer vor, wenn wir den Saal betraten, er wollte mich beschützen, er wollte sich vergewissern, daß ich nicht vergewaltigt würde, wahrscheinlich liebte er mich, wie man Vögel liebt, die aus dem Nest gefallen sind. Er warnte mich, ich solle da drinnen nichts trinken, es gebe Drogen, die man für Vergewaltigungen verwende, Drogen wie viele andere, sagte Freddy, die einen Fremden als Retter erscheinen lassen, Freddy wollte den anderen, wenn sie sich übel wollten, nur Gutes.

Vor ein paar Monaten hatte Freddy mir im Laïka die Hand geküßt, obwohl ich ihm den Mund geboten hatte, und mir so zu verstehen gegeben, wie verloren ich war. Er schob es auf den Alkohol, um mir die Scham zu nehmen, und dann hat er etwas gesagt, was man zu einer dreißigjährigen Frau nie sagen sollte, um ihr nicht den Mut zu rauben, jemals wieder einen Mann zu verführen, er hat gesagt, er fühle sich geschmeichelt. Ich hatte ihm viel von Nadine erzählt, weil ich mir nicht vorstellen konnte, daß er sie nicht kannte, jeder mußte La Nadine kennen, das war die niederschmetternde Wahrscheinlichkeit. Ich kramte alle alten Geschichten über sie noch einmal hervor, damit er sich ein Bild von ihr machte. Ich erzählte ihm alles über sie, er sollte wissen, daß kein Mann ihr widerstehen konnte, selbst wenn er sie nie gesehen, sondern bloß von ihr gehört hatte, man muß nur von ihr hören, um auf sie zu fliegen, sagte ich zu meinem alten Freund Freddy. Ich schrieb Nadine sogar Wunderdinge zu, um das Ausmaß ihrer Macht glaubhaft zu schildern, doch Freddy ließ das alles kalt.

Wie um die Allgegenwart zu unterstreichen, die ich ihr in Männerhirnen zuschrieb, kam Nadine an diesem Abend ins Laïka, so konnte ich sie ihm zeigen. Zu meiner größten Verwunderung fand Freddy sie gewöhnlich, eine Statur wie eine osteuropäische Schwimmerin und ein furchteinflößendes Lächeln, wie die Ankündigung einer Katastrophe, sagte Freddy, das entblößte Zahnfleisch erinnere ihn daran, wie er als Kind einmal vom Pferd gefallen sei. Tatsächlich war Freddy damals knapp an einer Querschnittslähmung vorbeigeschlittert und mußte monatelang im Rollstuhl sitzen. Außerdem wölbten sich ihre Beine unter der schwarzen Hose so verdächtig, als hätte sie keine Knie, und ihre unermüdliche und etwas zu laute Selbstsicherheit solle womöglich nur verbergen, daß sie O-Beine habe.

Freddy mochte keine Dominas. Virilität bei Frauen stieß ihn ab, er wurde nur geil, wenn er Schwachen gegenüber den Beschützer herauskehren konnte. Wie kann ein Mann diese Frau dir vorziehen? wunderte er sich den ganzen Abend. Das hätte mich beruhigen können, wäre Nadine nicht von drei Männern umringt gewesen, die einander nicht zu Wort kommen ließen und sich am Ende gegenseitig niederbrüllten. Nadine lachte zuviel an diesem Abend im Laïka, und ich dachte, das geht gegen mich, ich dachte, sie wirft absichtlich den Kopf in den Nacken und lacht so über die Köpfe hinweg wie damals im Bily Kun, als ob sie ihr Leben damit verbrächte, zu lachen und dabei die Zähne zu zeigen, wie andere pissen, um den Gegner einzuschüchtern, hinwegzulachen über die Köpfe aller umstehenden Frauen, die sie sicher schon aus den Geschichten ihrer Freunde kannten, ach, wie viele Geschichten habe ich über sie gehört, wie sie im Bett ist, wie sie die Schwänze bis zur Wurzel in den Mund nimmt, wie sie es schafft, den Rachen aufzureißen und den Brechreiz zu überwinden, wie sie unter dem Ansturm der Zärtlichkeiten schreit, schreit wie sie lacht, wie sie alles tut in ihrer Überzeugung, alle anderen zu übertreffen. Als Nadine im Laïka so gelacht hat, mußte ich daran denken, daß ich niemals lache und daß du dich oft darüber beschwert hast.

Es waren Ereignisse im Zusammenhang mit Nadine, die zu meinem Untergang beigetragen haben. Das erste war das im Parc Lafontaine. Dreimal, an drei aufeinanderfolgenden Mittwochen im letzten Herbst, haben wir sie durch den Parc Lafontaine gehen sehen. Jedesmal habe ich sie entdeckt, und jedesmal war ich tagelang bedrückt, ich sah in ihrem Erscheinen eine Ankündigung ihrer Rückkehr in dein Leben. Jedesmal blieben wir beide an deinem Schlafzimmerfenster stehen, beobachteten sie bei ihrem Spaziergang durch den Park und fragten uns, was sie wohl mitten in der Woche so weit weg von zu Hause machte. Wir konnten nicht anders als ihre Anwesenheit auf den Wunsch zurückzuführen, dir zu begegnen oder von dir gesehen zu werden, Nadine hat genau gewußt, wo du wohnst, wahrscheinlich wollte sie sich bemerkbar machen, ohne an deine Tür zu klopfen. Wir sahen sie schon von weitem, ihre Silhouette war unter tausenden zu erkennen, vor allem mit diesem unvergleichlichen Haarschnitt, ihrem Markenzeichen, auf einer Seite sehr kurz, auf der anderen länger. Außerdem hatte sie die metallicblaue Orion-Jacke mit den silbernen Sternen an, die sie von einem ihrer Ex-Freunde geschenkt bekommen hatte, ein untrügliches Unterscheidungsmerkmal, weil es davon nur ein Dutzend in ganz Montreal gab, für jeden DJ der Gruppe eine. Sie ging auffallend langsam, als ob sie bei jedem Schritt stehenbliebe, um bis zehn zu zählen, und ich dachte jedesmal, damit will sie doch nur ihre Chancen steigern, von dir gesehen zu werden. Mich erinnerte das an die Berglandschaften, die mit nervenaufreibende Langsamkeit im Hintergrund vorüberziehen, wenn man auf der Autobahn fährt. Mal blickte sie, die Hände in den Taschen, zum Himmel, als wollte sie den Formationsflug der Vögel in den Süden beobachten, dann zündete sie sich eine Zigarette an, setzte sich ins Gras und rauchte ein paar Züge. Gelegentlich blieb sie stehen, ging zurück, verschwand aus unserem Blickfeld, tauchte zehn Minuten später wieder auf und setzte ihren Weg auf der anderen Seite des Parks fort, nur um erneut zu verschwinden, diesmal endgültig.

Es quälte mich, sie so nah bei dir zu wissen, weil ich wußte, es schmeichelte dir, seit Nadine dich fallengelassen hatte, strich sie um dich herum. Bei ihrem Anblick hattest du den gleichen zufriedenen Ausdruck im Gesicht wie beim Lesen deiner Artikel im *Journal*. Zu meiner Beruhigung hast du gesagt, sie würde von dir ohnehin nicht kriegen, was sie sich wünschte, du würdest ihr nie in den Parc Lafontaine nachlaufen, um sie zu fragen, was sie dort mache und was sie von dir wolle.

Das dritte Mal, als wir sie den gleichen Weg vorbeispazieren sahen, bin ich aus deiner Wohnung gestürzt. Um mich zurückzuhalten, hast du behauptet, daß mein Kampfgeist sie nur noch mehr reizen würde, und als du merktest, daß ich nicht auf dich hörte, hast du gesagt, ich machte mich damit zur Idiotin. Kurz bevor ich sie erreicht hatte, blieb ich stehen und versteckte mich hinter einem Baum, um nachzudenken; daß ich aus deiner Wohnung gestürzt war, um ihr nachzulaufen, hieß, daß ich den Kampf bereits verloren hatte, daß sich mein Schicksal jetzt erfüllte, denn das war mein Schicksal, unter Druck gesetzt und vereinnahmt zu werden. Die Menschen um mich herum schauten mich merkwürdig an, wie eine Geisteskranke, doch in dem Trancezustand, in dem ich war, wurde mir das nicht bewußt. Nadine kehrte mir den Rücken zu und rauchte im Stehen, mit Blick auf die Rue Sherbrooke, dann setzte sie sich im Schneidersitz hin, immer noch mit dem Rücken zu mir. Ich stand hinter dem Baum und betrachtete ihren orionblauen Rücken mit den silbernen Sternen wie ein unerreichbares Ziel, ich wußte weder, was ich ihr antun, noch was ich ihr sagen sollte. Ich hätte gern den Mut gehabt, meine Körperkraft zu gebrauchen, mich einfach auf sie zu stürzen und sie ohne Erklärung zu erwürgen, aber ich könnte nie jemanden umbringen außer mir. Sie stand plötzlich auf, warf ihre Zigarette ins Gebüsch und kam schnellen Schrittes auf mich zu, so daß ich aus meinem Versteck hervorspringen mußte wie das Teufelchen aus seiner Kiste. Sie war es nicht. Die Frau, die die Verrückte auf ihrem Weg verdutzt ansah und ein wenig zurückwich, hatte keine Ähnlichkeit mit Nadine, aus der Nähe betrachtet jedenfalls; sie hatte nur ihre Statur und diesen besonderen Haarschnitt und außerdem die Orion-Jacke, deren Herkunft ein Mysterium blieb.

Angesichts meines Blicks, der sich von Nadines Bild

nicht lösen konnte, runzelte die Frau irritiert die Stirn; sie erwartete offensichtlich, daß ich etwas sagte. Ich bat sie um eine Zigarette. Auf dem Rückweg sah ich dich am Fenster stehen, du hattest den ganzen Auftritt mitbekommen und im selben Moment wie ich begriffen, daß diese Frau nicht Nadine war. Als ich erleichtert lachte über die Situation, hieltest du mich für irre.

Das zweite Ereignis war das am Telefon. Du wurdest oft auf dem Handy angerufen. Anfangs bist du immer drangegangen, doch ab einem bestimmten Zeitpunkt unserer Geschichte hast du immer erst nachgesehen, wer es war, und die Anrufe gefiltert. Wenn du nicht wußtest, ob du drangehen solltest oder nicht, hast du dein Telefon auf den Schreibtisch gelegt, es wieder in die Hand genommen und wieder hingelegt. Ich war mir so sicher, daß Nadine es irgendwie schaffen würde, noch einmal in dein Leben zu treten, und daß sie dich anrufen würde. Also habe ich fast einen Monat lang täglich alle unbekannten Nummern aus deinem Display abgeschrieben: morgens, wenn du geduscht hast, und nachmittags, wenn du im Café warst, um zu schreiben. Dann habe ich von meinem Telefon aus all diese Nummern angerufen und nach Nadine gefragt.

Manchmal waren Männer am Telefon, meistens Frauen, wahrscheinlich Kolleginnen, mit denen du dich nachmittags trafst. Ich hätte sie gern nach ihrem Namen gefragt, tat es aber nicht, weil ich fürchtete, sie könnten mich an meiner Stimme erkennen, wenn ich mehr als nötig sagte, also begnügte ich mich mit einem »falsch verbunden«. Gelegentlich traf ich auf einen

Anrufbeantworter, einmal sagte eine junge Stimme: »Guten Tag, Sie sind bei den beiden Isabelles.« Ich habe nie herausbekommen, wer die beiden Isabelles waren.

Es war an einem Nachmittag. Ich fragte nach Nadine, und eine Stimme sagte: »Ja, am Apparat.« Ich habe auf der Stelle aufgelegt. Mehrere Minuten stand ich da, mit klopfendem Herzen, die Hand am Hörer, dann rief ich noch einmal an. Ich konnte nicht glauben, daß sie es war, obwohl ich mir soviel Mühe gegeben hatte, sie zu finden. Dabei ging es mir nicht um Klarheit, nicht um die Wahrheit eurer Liebe, die mich aus deinem Leben verdrängen würde, im Grunde genommen ging es mir nur um mich selbst, ich wollte mich fangen, ich wollte mir die Ängste bestätigen, die ich brauchte, um mich von dir loszureißen und wieder zu dir zurückzukehren, ich legte mir einen Hinterhalt, um Cowboy zu spielen, bevor ich abends an dich geschmiegt einschlief. Ich fragte noch einmal nach Nadine Lavallée, obwohl ich keine Ahnung hatte, was ich ihr eigentlich sagen wollte, und die Stimme sagte: »Nein, Duhamel.« Ich habe mich entschuldigt und aufgelegt. Ich weiß bis heute nicht, wer das ist.

Das letzte Ereignis folgte unmittelbar danach, an einem eisigen Dezembervormittag. Ich stand neben deinem Bett und zog mich an, während du wie jeden Morgen deine E-Mails per Outlook abriefst, noch vor dem Frühstück, mit einem Kaffee in der Hand. Es waren immer zwischen zwanzig und dreißig Mails und nur zwei, drei von Freunden.

Wir schauten beide auf den Bildschirm, und sofort sprang mir Nadines Adresse in die Augen, die kannte ich zwar nicht, aber ein Irrtum war ausgeschlossen, weil ihr ganzer Name darin vorkam: nadinelavallee@hotmail.com. Sie stand ungefähr an zehnter Stelle deiner Liste. Mir schien, daß du die Mails bis dahin nur schnell und oberflächlich durchgingst, sie auf- und gleich wieder zugemacht hast, ohne sie richtig zu lesen, natürlich hattest du auch Nadines Namen gesehen und warst vor lauter Aufregung gar nicht mehr in der Lage, dich mit den vorhergehenden Nachrichten zu beschäftigen, Nadine war das wichtigste, neben ihr wurde alles andere unsichtbar. Seit einem Jahr herrschte Funkstille zwischen euch, die Mail war das erste Lebenszeichen, das du von Nadine erhieltst, das war das Ende eures Kalten Krieges, das Eis war gebrochen, du würdest ihr antworten, und das nächste Mal, wenn ihr euch im Bily Kun oder im SAT begegnen würdet, könntet ihr euch wieder grüßen und euch sogar miteinander unterhalten.

Als ich ihren Namen auf deinem Bildschirm entdeckte, erstarrte ich mit halb über die Schenkel gezogener Hose. Plötzlich fühlte ich mich klein und dick, wie ich so halb angezogen dastand an diesem kalten Dezembermorgen, mit hängenden Armen, die plötzliche Wiederkehr Nadines, mit der ich doch ständig gerechnet hatte, ließ mich jeden Anstand vergessen. Eine Windböe rüttelte an deinem Fenster, die Außenwelt brach in unser Leben ein, um uns zu trennen. Ich ging ein paar Schritte auf deinen Bildschirm zu und stand dann davor wie vor der Bilanz der Toten nach einem Anschlag in den Abendnachrichten.

Nadine hat dich in ihrem Schreiben von der Existenz einer neuen, unabhängigen Tageszeitung informiert, für die du vielleicht schreiben könntest, sie lobte deine Qualitäten als Schreiber und den Zynismus, der in dieser neuen Zeitung besonders gefragt sei, und hat dich am Ende umarmt.

Ich war den ganzen Tag wie benommen, ich dachte, der Wahnsinn, der in meinem Kopf tobt, darf nicht nach außen dringen, die Wirklichkeit muß sich doch dagegen wehren, hoffentlich gibt sie nicht auf. Ich erinnere mich daran, daß ich den ganzen Nachmittag immer wieder diese Mail las, als könnte ich darin Gründe finden, mir keine Sorgen zu machen.

Du hattest in deinem Computer Nacktfotos von ihr gespeichert, zehn ungefähr, du hast dich immer geweigert, sie mir zu zeigen, du hast mir gesagt, daß du sie von Zeit zu Zeit durchsiehst, ohne zu erläutern, was du mit durchsehen eigentlich meintest; hieß das, überprüfen, ob alles seine Ordnung hatte, hieß es, wichsen, hieß es, ein im Dunkeln gebliebenes Detail der Vergessenheit entreißen, um Falten auszubügeln und die Erinnerung aufzufrischen, war es der professionelle Reflex des Journalisten, der keine Fehler in seiner Arbeit haben will, sollten die Fotos Geschichten in dir wachrufen, wolltest du dein Gewissen beruhigen, war es Prinzip, Manie, wolltest du sie besuchen, streicheln, um das Tier zu zähmen?

Kaum hattest du mir den Rücken gekehrt, suchte ich immer nach diesen Fotos, kriegte sie jedoch nie zu fassen, weil mir die Zeit dazu fehlte. Heute scheinen sie mir viel zu beladen, wahrscheinlich sind darauf alle Schlüssel, die mir fehlten, um dich an mich zu binden, und etwas sagt mir, daß sie auch die Geheimcodes des Komplotts enthalten. Wenn ich an Nadine denke, fühle ich mich nicht schön, ich habe ein Gebet erfunden, daß sie bald den Mann ihres Lebens findet und weit fortgeht.

Wenn ich sterbe, möchte ich sie nicht in meiner Nähe wissen.

Am Tag deines Abgangs hast du vom Jahrestief im Februar gesprochen, das in Quebec besonders schlimm sei und den Ärzten vollen Einsatz abverlange, weil sie so viele Antidepressiva verschreiben müßten. Es habe vielleicht an der fehlenden Sonne gelegen, daß ich dir abhanden gekommen sei, hast du gesagt, und daß du mich wahrscheinlich auf dem Weg in den Sommer wiederfinden würdest, also im Mai oder Juni, vermutlich würdest du schon von mir hören wollen, wenn die ersten Knospen auftauchten. So hält man etwas am Köcheln, wenn man nicht mehr liebt, man sagt, wer weiß, vielleicht demnächst mal wieder, vertröstet auf ein andermal; die Dramatik eines echten Abschieds bleibt Frauen vorbehalten, die man noch liebt.

In diesem Winter haben wir den Alltagstest gemacht und sind daran gescheitert. Wir waren alle beide nur für den Anfang geschaffen, für den Aufstieg und für die Flucht zum Besseren. Wer heutzutage in der Liebe Erfolg haben will, muß rechtzeitig gehen können, muß die gepackten Koffer im Flur stehenlassen. Meine Fehler waren viel zu groß und betrafen dich viel zu sehr, vor allem, daß ich dir nicht von der Seite wich, weil ich dich überwachen und von anderen fernhalten wollte,

Liebe hieß für mich, meine Haut zu retten, indem ich keine Frau an dich heranließ.

Ich habe in der Zeit nicht viel gearbeitet und fast meine ganze Zeit bei dir verbracht. Mein Zuhause war mir fremd geworden, ich erkannte meine Möbel nicht wieder und hatte vergessen, in welchen Schränken sich welche Konserven befanden, die unverputzten Wände, die in ganz Montreal begehrt waren, haben mich erdrückt. Bei dir habe ich mich genauso fremd gefühlt. Deine Katze Oréo machte mir angst, weil du sie streicheltest und Muschi zu ihr sagtest, dein Computer machte mir angst, weil er die Geschichte deiner Entladungen enthielt, und dein Telefon machte mir angst, weil jede spontane Verabredung meine Entlassung bedeuten konnte. Wenn JP zum Videospielen kam, was manchmal bis spät in der Nacht ging, hast du mich immer nach Hause geschickt.

Daß ich schon mit fünfzehn meinen Tod vorhersah, hat mich in diesem Winter vor nichts bewahrt. Ich war meinem Großvater ähnlich. Als er mit hundertein Jahren starb, trotzte er mit schrecklichen Grimassen der unsichtbaren Welt, die ihn holen kam. Von seinen Kindern und Enkelkindern umringt, fuhr er im letzten Moment brüllend aus seinem Krankenbett hoch, krallte sich mit zornverkrampften Fingern an den Arm meines Vaters und starrte zur Decke. Mein Vater sagte später, er habe im Todeskampf ausgesehen wie bei einer Teufelsbeschwörung, vielleicht hätte er ja die ganze Familie getäuscht und statt dem Wort Gottes das Satans verkündet.

Deine Mitbewohnerin Martine hatte auch wenig Arbeit und war immer da, der Winter verbannte uns nach drinnen, das Nichtstun hielt uns zusammen. Überall stand von ihr geblasenes Geschirr herum, ihre Weihnachtskugeln hingen zu Hunderten von der Decke, du hattest sogar einen Ring von ihr, den habe ich eines Tages bei dir aus dem Fenster geworfen. Du mußtest deine Artikel schreiben, du bist entweder den ganzen Tag in deinem Zimmer am Computer gesessen oder mit dem Laptop nach unten in ein Café gegangen, meistens ins Eldorado am Plateau, manchmal trieb es dich sogar bis nach Mile End, ins Olympico. Dort sitzen viele Journalisten herum, hast du gesagt, weil Journalisten einander gern im Auge behalten und Kollegen aushorchen, ohne eigene Ideen preiszugeben. Auf Radio Canada wurde oft wiederholt, was morgens von dir im *Journal* stand, ohne daß dein Name fiel, sie vergriffen sich an deinem Eigentum; in deiner Welt sei der Schwarzhandel mit Informationen gang und gäbe.

Deine Mitbewohnerin Martine zählte zur Kategorie der Kumpel, du konntest ihr auf die Schulter hauen, ohne daß sie es übelnahm. Ab und zu seid ihr zusammen essen gegangen, obwohl ich mir währenddessen die schlimmsten Dinge ausmalte über euch beide und eure Füße, die sich unter dem Tisch berührten, ich habe dir gesagt, daß mich das umbringt, doch du wolltest dich nicht erpressen lassen. Ihr wart euch beide einig, daß Freunde miteinander ausgehen sollten, um keine bloße Wohngemeinschaft zu bleiben. Ihr wart euch einig, daß Freunde auf die Liebe des andern verzichten müßten und daß wir alle eigenständige Individuen seien; ihr wart euch einig in eurer Abneigung gegen den Verzicht in der Liebe und in eurer Verachtung der Vorstadtfrauen, die sich zwecks Familiengründung begatten ließen und ihre Kinder dann im Hinterhof aufzogen. Als Plateau-Bewohner mit Leib und Seele mußte man bestimmte Vorstellungen vertreten, das hieß, die Dinge aus der Sicht eines Karrieristen betrachten, und gewisse Prioritäten beachten, das hieß, die eigene Person.

Gelegentlich bist du auch mit Annie ausgegangen, deiner anderen Ex-Brünetten, deren übertriebene Liebe deine Liebe zu ihr verhindert hatte. Mißtrauisch war ich trotzdem. Es hätte ja sein können, daß du Gefallen an ihr findest, nachdem du dich aus ihrem Griff befreit hast. So etwas soll schon öfter vorgekommen sein, es ist geradezu klassisch. Ich wollte mich oft von dir befreien, damit du mich zurückholst, das hat aber nie funktioniert, seit dem Schweigegebot des Tarots meiner Tante verläuft mein Leben vielleicht in umgekehrter Richtung wie das aller anderen Menschen.

Manchmal sind wir beide essen gegangen in diesem Winter, immer auf dem Plateau. Diese paar Abende waren die letzten glücklichen Momente mit dir, weil du dich vom Bildschirm losreißen konntest, weil du mich lange angeschaut und mir die Hände geküßt hast. Einmal bist du sogar aufgestanden, um mich über den Tisch hinweg zu küssen, und als deine Lippen meine berührten, verstummten die Menschen ringsum und senkten die Augen wie in dem Moment, wo der Priester den Leib Christi über die Köpfe der Gläubigen hebt. Daß um uns herum das Leben auf die Knie fiel, um unsere Liebe zu bekennen, machte mich so glücklich, daß ich die Rechnung bezahlte. Ich wußte ja, daß öffentliche Liebesbezeugungen dir ein Greuel waren, du hast deine europäische Zurückhaltung in den fünf Jahren, die du in Quebec lebtest, nur selten aufgegeben.

Wäre nicht an jenem eisigen Dezembermorgen Nadine in deinem Outlook aufgetaucht, denn hätte die kleine Familie aus deiner Mitbewohnerin, deiner Ex-Freundin Annie und mir vielleicht das Gleichgewicht halten können, aber Nadine brachte das Ganze zum Kippen. Sie hat über dich triumphiert, das verlieh ihr ein solches Gewicht, daß sie auch die Frauen an deiner Seite erdrückte. Wenn du von Nadine gesprochen hast, mußtest du dich setzen. Wenn JP erzählte, er habe sie in der Stadt gesehen, hast du komischerweise immer deine Handflächen betrachtet, als hättest du festgestellt, daß sie dir entwischt ist.

Ausgeschlossen, daß ihr euch im Parc Lafontaine nicht geliebt habt, Nadine und du. Dieser Park im Rahmen deines Schlafzimmerfensters ist einmal mein Lieblingspark gewesen, bevor ich dich kennenlernte, jetzt gehört er dir, seine Größe erinnert mich zu sehr an deine, ich kann ihn nicht mehr betreten. Es ist ein Park für Paare, die dort schweigend spazierengehen, ein Park für Eichhörnchen, die der Autolärm nicht stört, ein Park für Homosexuelle und für kleine Kinder. Er verschönert auch das Leben der Menschen, die von Berufs wegen in Form bleiben müssen, ich sage das, weil ich mich dort ganze Sommer lang bräunen ließ, während ich auf meine Kunden gewartet habe, die ich in einem Apartment Ecke Rue Sherbrooke und Rue Amherst empfing. Ich mußte es aufgeben, weil die Nachbarn mich bei der Polizei angezeigt hatten, allerdings erzählten sie mir gleich darauf von der Denuntiation, um ein reines Gewissen zu behalten. Ich hatte nicht einmal mehr die Zeit, meine Sachen zusammenzupacken, es mußte ganz schnell gehen, auf Bleistiftabsätzen die Treppe hinunter und raus aus der Tür, sie wollten mich nur weghaben und nicht meine Zukunft gefährden, ich war Studentin, so was rührt einen, weil es an die gute alte Zeit erinnert. Seither frage ich mich, was aus meinen *Albert-Enzian*-Comics geworden ist und aus den fünfhundert Dollar, die ich unter den Herdplatten versteckt hatte, vermutlich sind sie mitsamt dem Herd auf der Müllhalde gelandet. Wenn ich an diese Zeit meines Lebens zurückdenke, tut es mir leid, was ich in meinem ersten Buch darüber geschrieben habe, heute ist meine Erinnerung viel positiver.

Wenn du mit Annie oder Martine essen warst, wußte ich nicht mehr, wohin und ging dann oft in den Parc Lafontaine. Auch die stärksten Fröste hinderten mich nicht daran, nichts auf der Welt kann den Irrsinn in seinem Lauf aufhalten, es heißt, daß Menschen, die ihn kommen sehen, ausweichen, um nicht niedergemäht zu werden, und die Malaien haben sogar ein Wort für dieses blinde Vorwärtsstürmen gefunden: *Amok*. In diesem Winter war ich überall, wo ihr euch an den vielen lauen Sommerabenden, die ihr zusammen verbracht habt, geliebt haben könntet, Nadine und du, in all den dunklen Ecken, wo du sie vielleicht in den Arsch gefickt hast und ihre Scheiße sich mit der Natur vermählte und nur Kenner des Parks euch gesehen haben. Anscheinend liegen hinter den Vorhängen der umliegenden Wohnungen Voyeure auf der Lauer, die sich Liebespaaren mit dem Fernglas nähern, anscheinend praktizieren Paare im Park tagtäglich Exhibitionismus, das hast du mir selber einmal gesagt. Ich habe alle Bäume ausfindig gemacht, hinter denen ihr gesehen worden sein könntet, zum Beispiel abseits der Wege rund um den See in der Mitte, auf denen andere beim Familienausflug ihre Langeweile spazierenführen. Ich wüßte gern, warum die Bäume auch heute noch ihren Zweck erfüllen, indem sie mir zeigen, was sie vor mir verbergen sollten. Ich gebe ja zu, daß Hellsicht, die sich auf die Vergangenheit beschränkt, in den Bereich der Geisteskrankheit gehört. Am Tag nach Nadines Nachricht, mit der sie dich nach achtmonatigem Schweigen zur Wiederaufnahme des Kontakts animierte, habe ich ihre Adresse in deinem Outlook blockiert. Als du das tags darauf bemerktest, hast du mir zum Ausgleich den Zugang zu deinem Computer mit einem Paßwort versperrt und dich darauf berufen, daß du ein Recht auf dein Privatleben hättest. Auf der Suche nach dem Paßwort habe ich die Namen aller Frauen eingegeben, die du kanntest, und am Ende hat ein Name mir auch die Tür geöffnet, es war der deiner Katze Oréo.

Heute kommt es mir so vor, als hättest du den Namen Annie etwas zu bewußt in den Mund genommen, wenn du von euren gemeinsamen Abenden erzähltest, als hätte dein Mund, der sich der Wahrheit verpflichtet fühlte, etwas anderes sagen wollen, Nadine beispielsweise, was du nur mit Mühe verhindern konntest. Wie jeder Psychiater weiß, hat Wahnsinn mit dem Gedächtnis zu tun, das sein Bett verläßt und Menschen mit der Fähigkeit ausstattet, überall gleichzeitig zu sein, und wie auch jeder weiß, kann man sich sehr wohl an etwas erinnern, das so im einzelnen nie stattgefunden hat. Wenn mein Großvater noch lebte, würde er vielleicht zu mir sagen, daß eines Tages alle, auch die größten Bäume im Parc Lafontaine gefällt werden müßten, weil die giftigen Ausdünstungen der Stadt schließlich den Prozeß der Photosynthese pervertiert und Knospenmutationen erschaffen hätten, die aufgrund der ihnen innewohnenden todbringenden Pest unter den Menschen eine Säuberung vorzunehmen drohte. Falls die Bäume eines Tages nicht mehr stehen, kenne ich den Grund dafür; sie werden nicht durch die Hand Gottes fallen, nicht weil sie den Keim des städtischen Verfalls in sich tragen, sondern weil ich ganz allein diese Arbeit übernommen habe.

Einmal, als du aus warst und ich auf deinem Bett lag und weinte, habe ich deine Katze Oréo geschlagen, die nach dir maunzte, weil ich meinte, sie müßte mir zur Seite stehen, sie müßte meine Gegenwart beachten und begreifen, daß sie zu schweigen hatte angesichts menschlichen Schmerzes. Seit diesem Tag hat Oréo nicht mehr nach dir gemaunzt, hat nicht mehr auf deinem Bürostuhl nach dir geschnüffelt, hat nicht mehr bei jedem Knacken in der Wohnung auf deine Rückkehr gelauscht, sondern sich auf den Fenstersims gelegt und mir zugesehen, wie ich nach draußen schaute. Nicht aus Liebe, sondern aus Angst, sie ahnte vielleicht, daß ich an solchen Tagen dachte, du wärst mit einer anderen zusammen, und daß meine Rache auch sie treffen könnte; Katzen sind wie Kinder, sie wissen instinktiv, daß die Größeren gern den Kleineren die Schuld zuschieben, weil es funktioniert. Von allen Wesen deiner Welt hat Oréo meine Verzweiflung am nähesten miterlebt. Ihr Blick war nicht kritisch genug, um mich zur Ordnung zu rufen, so hatte ich keinen Grund, mich ihr gegenüber an die Grenzen meiner Art zu halten und ein menschliches Bild von mir zu präsentieren, sie war wie ich, sie hatte keine Würde zu verlieren.

Oréo störte es nicht, daß Sterben meine einzige Beschäftigung war, ich konnte stöhnen oder mich tot stellen, bäuchlings auf dem nackten Holzboden deines Zimmers in den Staub beißen und mit aufgerissenen Augen die Anstrengungen einer Ameise verfolgen, die zwischen deinen Büchern und den von Martine geblasenen Gläsern, die du als Aschenbecher benutztest, ihren Weg zu finden versuchte. Ich konnte mich stundenlang hin- und herwiegen und mir mit der flachen Hand an die Stirn schlagen, ich konnte mit einem blauen Kugelschreiber das Plateau Mont-Royal auf meine Schenkel zeichnen und mit einem roten sämtliche Wege nachfahren, auf denen du zum Parc Lafontaine gelangen könntest. Auch in Oréos Gesellschaft war ich immer allein, wir dachten beide an dich, jede für sich. Immer wenn du heimkamst, hast du mir erklärt, du seist in aller Freundschaft mit Martine oder Annie essen gegangen oder ins Eldorado oder ins Olympico, um deine Artikel fürs *Journal* zu schreiben, aber du hättest auch sonstwo gewesen sein können. Das Problem zwischen uns war wohl weder Martine noch Annie noch dein Job, sondern daß Martine und Annie und dein Job nur dein Alibi waren. Wenn in der *Elle Québec* etwas über Untreue steht, gehen die Psychologen stets auf die Gefahr der Entfernung zwischen den Partnern ein, ohne dabei zu berücksichtigen, daß für den im Zweifel gelassenen Partner Entfernungen gar nicht existieren, daß die Phantasie des von Mißtrauen geplagten Partners ihm die entferntesten Orte vor Augen führt; ich habe noch in keinem Artikel gelesen, daß die Wachsamkeit des Eifersüchtigen Materie zum Bersten bringen und Zeitreisen ermöglichen kann.

Mein Großvater hat gesagt, was man im Leben am meisten fürchtet, ist schon passiert, er hat oft solche Sachen gesagt, weil er mein Bestes wollte, und das hieß für ihn vor allem, mich auf das Schlimmste vorzubereiten.

*

Am Tag der Trennung, die ich nun weiterführe, haben wir uns verstanden, wie man einander versteht, wenn man sich nichts mehr zu sagen hat. Wir waren in deinem Zimmer, Martine war in ihrem, und deine Katze Oréo hat zusammengerollt auf deinem Schreibtischstuhl geschlafen. Wir haben lange geredet an diesem Tag und uns so viele Dinge gesagt wie am Abend unseres ersten Zusammentreffens im Nova, aber wir haben einander nur halb zugehört, vielleicht weil das, was der andere sagte, zu diesem Zeitpunkt schon zu einer alten Leier geworden war, die wir nur allzugut kannten, vielleicht weil meine Tränen zu lange Pausen zwischen den Worten entstehen ließen, die an uns beiden zehrten, vielleicht auch, weil wir beide zu egoistisch geworden waren, weil du an nichts anderes mehr denken konntest, als dich von mir zu befreien, und ich nur bei dir bleiben wollte. Wir haben im voraus Frieden geschlossen mit einem Nichtangriffspakt, der jedem das Recht auf ein eigenes Leben garantierte. Nach der Trennung stand es dir zu, dich vor meinen Überfällen zu schützen, ich hätte mir ja ohne dein Wissen deine Wohnungsschlüssel nachmachen lassen können, und du wolltest mich nicht durch die Hintertür hereinkommen sehen. Aus Gründen der Energieersparnis und des Lebensstandards müßten die Dinge zwischen uns zukünftig klar geregelt sein wie in einem Protokoll, auslegbar wie die Sozialgesetzgebung. Im Falle unerwarteter Begegnungen in Bars oder Restaurants am Plateau war der höfliche Umgang zwischen Unbekannten angebracht, die man mit Handschlag begrüßt. Falls du dich mit einer anderen Frau in der Öffentlichkeit zeigen solltest, war es mir nicht erlaubt, sie anzusprechen, und falls ich allein unterwegs sein sollte, hieß das nicht, daß du mich ansprechen müßtest. Josée erwartete mich an diesem Tag im Parc Lafontaine dir gegenüber, und selbst diese entfernte Anwesenheit meiner Freundin hat dich geärgert, weil sie sich, wie du fandest, als Zeugin für etwas aufdrängte, das sie nichts anging; ich hatte sie darum gebeten, auf mich aufzupassen, mich nach unserem Abschied einzusammeln und nach Hause zu fahren. Vielleicht hast du später begriffen, daß ich sie auch dabei haben wollte, um nicht zu erfahren, ob du mich vielleicht ein letztes Mal gefickt hättest, aus der gleichen Angst, daß ich auf eine Geste warten könnte, die nicht käme, habe ich auch deine E-Mail-Adresse blokkiert; seit Nadines Nachricht im letzten Dezember kam das Unglück immer durch das Internet.

Wir haben uns wenig angeschaut an diesem Tag, ich wollte nicht, daß mein vom Weinen gerötetes Gesicht zu deiner letzten Erinnerung würde, und du hast die Distanz gewahrt, die die Verzweiflung des anderen erfordert. Aber du hast meine Hände ganz fest in deinen gehalten, ich spürte den eisernen Willen, die beherrschende Kraft, die von ihnen auf die Welt ringsum ausging und die mich von Anfang an in die Knie gezwungen hatte; deine Hände haben mich an den Mann erinnert, der mich in der Hütte meines Großvaters liebte. Dir ist einmal aufgefallen, daß sich unsere Streitereien mit der Zeit in einen Tanz auflösten, der uns aus deinem Zimmer hinaus zu deiner Wohnungstür führte, wo wir einander umarmten, und wieder zurück in dein Zimmer zum Ficken. Ich ergänzte, daß du jedesmal die Augen schlossest, wenn ich deine Wange streichelte, und daß sich meine Lippen immer öffneten, wenn du mich am Nacken packtest, die Antworten lagen schon fertig in uns bereit, wir waren zwei Teile desselben Puzzles und deshalb, wie ich meinte, vollkommen kompatibel; vielleicht aber hatte das alles gar nichts zu bedeuten, denn die Momente der Verzauberung in meinem Leben wurden in der Folge alle widerrufen.

Du hast mich eine Zeitlang geliebt, aber du hast es gehaßt, wenn ich weinte, der Ausfluß von Intimitäten in der Öffentlichkeit war dir zuwider, eigentlich ganz verständlich, schließlich zieht man auch den Gehenkten einen Sack übers Gesicht. Kinder dürften weinen, meintest du, aber Erklärungen sollten ihnen erst erlaubt sein, wenn sie sich wieder gefangen hätten, sonst werde die Stimme schrill wie bei den Frauen, die immer so ein Theater machten, etwas erklären heiße, alles erklären, auch die Niedertracht, das Greinen und den Rotz, etwas erklären heiße, Leid und Elend des zurschaugestellten Körpers aufzurechnen, wo doch die Zurschaustellung die Anwesenden zwinge, ihre Zustimmung kundzutun, man werde dabei immer laut oder beginne wieder zu streiten, was schlimmer sei, Erklärungen fügten sich nicht in dein französisches Weltbild, nach dem man vor allem Haltung bewahrt. Ich habe viel geweint an diesem Tag, an dem wir uns so wenig angeschaut haben, und habe mein Gesicht an deinem Hemdkragen geborgen, um ein bißchen französische Haltung an den Tag zu legen, aber es ist mir wie immer nicht gelungen, ich bin wie immer auf meiner Seite des Atlantiks geblieben.

Irgendwann an diesem Tag entrang sich meiner Kehle ein Laut, der nicht aufhörte und gegen meinen Willen immer lauter wurde, ein Laut, der auf diesen Tag gewartet hatte, um vom Grund meiner Seele aufzusteigen, aus den dunklen Jahren falscher Liebe für Männer, die mich falsch liebten; es war ein langgezogener, rauher Ton, der nicht wie ein Schluchzen klang, sondern wie die Klage eines Tieres, der anschwoll bis zu einem wahren Todesruf und sich wie ein Brandmal auf deine Brust legte. In dem Moment blieb alles stehen, und mir fiel plötzlich ein, daß ich diese Szene schon einmal erlebt hatte, kurz nach unserer ersten Begegnung; es hatte diesen Schrei schon einmal gegeben, und seine unaufhaltsame Wiederholung brachte mich ein für allemal zum Schweigen. In dem Moment bist du vor mir zurückgewichen, sicher aus demselben Grund, du hast dich so brüsk erhoben, daß du Oréo von deinem Schreibtischstuhl verscheucht hast. Ich wollte dir nicht in die Augen schauen und betrachtete stattdessen deine Füße. Der Schrei zog eine unübertretbare Grenze zwischen uns, die Abschiedsstunde in unserer Geschichte hatte geschlagen. Du hast Dinge wiederholt, die du bereits unter anderen Umständen gesagt hattest, und ich bin in dem Wissen von dir fortgegangen, daß wir niemals wieder miteinander sprechen werden.

Heute sollst du wissen, daß ich in alles, was ich nach der Trennung tat, etwas von dir hineingelegt habe, in die Internetpornos zum Beispiel, die mich seitdem begleitet haben, und in meine Besuche im Cinéma

L'Amour; und mich zu töten, auch das sollst du wissen, ist eine Weise, das Gewicht Frankreichs zu bezwingen, das du mir aufgeladen hast.

Wenn es um dir wohlbekannte Dinge ging, hast du laut und mit französischem Akzent gesprochen, deshalb habe ich alles behalten. Wenn du mich am Nacken gepackt hast, lag dir mein ganzes Leben zu Füßen, deshalb bin ich dir auch nach deinem Abgang hinterhergelaufen. Du hattest kosmische Kräfte, die die Welt um dich herum beeinflußt haben, aber du hast sie nicht bemerkt, weil dein Vater nichts anderes kannte. Wenn ich an deinen Vater denke, denke ich auch an deine Mutter, die deine ganze Größe austragen und vielleicht daran leiden mußte, als du nach neun Monaten Schwangerschaft, in der du die Grenzen des Raums, der einem menschlichen Körper zusteht, durchbrachst und vielleicht schon zu bestimmt mit deinen Riesenschritten aus ihr hervorgingst, womöglich von Sturmböen umtost. Vielleicht hast du mit deinem entschlossenen, dunklen Blick auch Arzt und Krankenschwestern aus dem Raum vertrieben, so daß du dir selbst überlassen bliebst. Dabei fällt mir ein, daß deine Mutter auch über eins achtzig groß war, ja, in deiner Familie waren alle so groß, ich wüßte gern, ob man durch schiere Größe zu einer erhabenen Weltsicht gelangt, in dem Fall wirst du dich bücken müssen, um mich zu verstehen. Die Chancen, daß du diesen Brief bekommst, sind ohnehin minimal, weil ich nicht daran denke, ihn dir an dein Outlook zu schicken, da ist mir noch Flaschenpost lieber, die findet womöglich ein anderer auf dem Plateau und hält die Schrift für die seiner Ex, weil die Verflossenen einander oft darin ähneln, daß sie lästig sind.

Das Ende naht, wenn man sich nur noch selbst sabotiert und an der Sommersonne leidet, weil sie keine Rücksicht auf die eigenen Zustände nimmt. Letztes Frühjahr hat mich das schöne Wetter geärgert, weil ich dachte, dir geht es gut, im Frühjahr ging es dir immer gut, du warst jeden Abend unterwegs, um Leute zu treffen, das Frühjahr war für dich die Zeit der Liebe. Du hast nie gewußt, in welchem Sternzeichen ich geboren bin, du hast immer gespottet, wenn Menschen ihre Liebe vom Sternzeichen des anderen abhängig machten oder, noch schlimmer, ihre beruflichen Kontakte. So etwas war für dich Weiberkram, magisches Denken im Zusammenhang mit Zahlen und Geburtsdaten war etwas für Mädchen, sie kommen ja auch von der Venus, sagtest du einmal zum Spaß. Dennoch wäre unsere Geschichte nicht anders verlaufen, hättest du mein Sternzeichen gekannt. Die großen Prophezeiungen erfüllen sich erst im Lauf der Jahrhunderte, die den großen Prophezeiungen folgen, sie lassen sich nur rückwärts lesen und zeigen sich erst im nachhinein, im »Ach, das war es also!«. Wenn ich tot bin, wird vielleicht jemand diesen Brief lesen und darin eine Prophezeiung sehen.

Ich habe ein paar Jahre gebraucht, bevor ich begriffen habe, daß ich wirklich in die Linie meines Großvaters gehöre. Als wir uns liebten, als zwischen uns noch alles in Ordnung war, wurde ich krank und fing an, Visionen zu haben. Wäre ich irgendein anderes Tier, wäre ich schon längst in Ruhe krepiert, Tiere haben manchmal mehr Herz als die Menschen und keine Mittel, die Toten wieder zum Leben zu erwecken. Heutzutage sind Kinder für alles mögliche da, vor allem dafür, die Enttäuschungen der Erwachsenen zu tragen, sie entwikkeln auch hunderte Allergien, nur um damit vor dem Niedergang der eigenen Gene zu warnen. Meine Familie war katholisch, doch all meine Nachbarn dachten anders, sie meinten, nur die Verlierer dieser Welt inszenierten die Niederlage der anderen; meine Nachbarn machten nicht so ein Gedöns um das Leben, sie strebten nach Erfolg und interessierten sich für Politik. Wenn ich heute anders bin als sie, dann deshalb, weil Kinder nichts von den Nachbarn behalten, und dieser Gemeinplatz sagt ausnahmsweise die ganze Wahrheit.

Mein Großvater war der einzige, der in meiner Familie das Sagen hatte; er hatte einfach eine Stimme, die sich über alle anderen erhob. Meine ganze Kindheit hindurch sprach mein Vater nur im Namen seines Vaters, er sagte immer, mein Vater hat das gesagt, mein Vater hat jenes gesagt, dabei hob er den Blick zum Himmel, so daß nie ganz klar war, an wen er sich eigentlich wandte; mein Vater sprach nicht, er zitierte.

Mein Vater war das getreue Sprachrohr seines Vaters, bis zu dem Tag, an dem mein Großvater beschloß, sich um meine Erziehung zu kümmern; er nahm mich zwei Tage die Woche zu sich und ging alle Lektionen, die ich bisher über das Leben gelernt hatte, noch einmal von vorn mit mir durch. Es war das erste Mal, daß mein

Vater seinem Vater die Stirn bot, sie haben sich einen Kampf um das Erziehungsrecht geliefert, doch beide wußten sehr gut, wer der wahre Vater war, und schließlich ließ mein Vater mich fallen. Ich war damals bereits über das Alter hinaus, wo man bei seinem Vater auf dem Schoß sitzt, also sagte ich nichts mehr zu ihm und wurde mit dem Tag, an dem er aufgab, zu meines Großvaters Tochter.

Fünf Jahre lang verbrachte ich alle Wochenenden bei meinem Großvater auf dem Land und hörte mir an, was er über alles zu sagen hatte; wenn ich wieder nach Hause kam, wollte ich meinem Vater erzählen, was mein Großvater mir erzählt hatte, doch davon konnte keine Rede sein, denn mein Vater respektierte die familiäre Rangordnung in der Übermittlung von Worten. Mein Großvater nahm mich jeden Sonntagmorgen mit in die Kirche und machte mich darauf aufmerksam, daß meine Eltern nie da waren. Er sagte, daß Gott in Quebec schneller gestorben sei als in Europa, in Europa habe er mehrere hundert Jahre lang mit dem Tod gekämpft, hier sei er plötzlich verschieden, man habe ihn einfach umgebracht, sein Leichnam sei noch warm, und zum Beweis dafür führte mein Großvater an, daß in allen Fernsehfilmen verlogene Priester auftraten, die Kinder mißbrauchten.

In dem kleinen Häuschen meines Großvaters gab es eine Wäscheklappe in der Holztreppe zum Keller, wo sich eine Waschmaschine und ein Trockner befanden, ein Sofa und ein Fernsehapparat, ein Atelier und ein Stapel Brennholz, um das Haus zu heizen; der Keller meines Großvaters war ein gut besuchter Ort. Meine Großmutter muß praktisch dort unten gelebt haben, sie war ständig schwanger, und in einer bestimmten Epoche haben sich schwangere Frauen anscheinend im Keller verkrochen, eine Frage der Schwerkraft vermutlich. Eine Stufe der Kellertreppe ließ sich mit Hilfe einer kleinen Kette öffnen, durch das Loch wurde die Schmutzwäsche in einen Verschlag geworfen, aus dem man sie durch eine kleine Tür an der Seite der Treppe herausholen konnte. Der Verschlag erschien mir damals riesengroß, es paßten mehrere Kinder hinein, und meine Cousins und ich verbrachten viel Zeit darin, wir konnten dort reden und uns von unseren Ängsten erzählen, es war wie in einem Privatclub.

Immer wenn ich bei meinem Großvater war und er mich mir selbst überließ, versteckte ich mich in dem Verschlag. Hier ahnte ich die Möglichkeit eines geheimen Lebens, ich ahnte, daß man Dinge tun konnte, die anderen verborgen blieben, hier hatte die Scham einen Platz.

An einem der letzten Tage, die ich auf dem Lande verbrachte, wollte ich wieder in den Verschlag und stieß zu meiner größten Überraschung auf meinen Großvater, der dort heimlich weinte. Erst Jahre später habe ich erfahren, daß mein Großvater nur selten weinte, aber wenn doch, weinte er im Verschlag. Als ich ihn an jenem Tag dort weinen sah, fiel mir ein Geruch auf, der mir plötzlich entgegenschlug: Es stank in dem Verschlag.

*

Mein Wahnsinn ging über deine Kräfte, er haute dich um. Du hast meine Art gehaßt, mich kleinzumachen und andere als Gefahr darzustellen, wenn die anderen mir zu hell strahlten, hast du gesagt, könne ich mich doch davor schützen, indem ich sie nur von ferne betrachte. Ich habe die Abende im Bily Kun ohnehin meist in einer Ecke beendet, ich hatte einen natürlichen Rückzugsdrang in mir, ich fiel von ganz allein auf die Knie. Ich überließ jedem, der kam, meinen Platz, und wenn eine deiner Verflossenen mit dir sprechen wollte, verzog ich mich oft auf die Toilette und nahm meinen Kopf in die Hände. In solchen Momenten war das Koks ziemlich hilfreich, es konnte mich von deinem guten Recht überzeugen. Irgendwann hast du davon genug gehabt, nach mir zu suchen, um mich aus meiner Schmollecke zu holen, und hast mich einfach machen lassen; ich wußte, daß du dann immer an Nadines Lächeln dachtest, das sie so sichtbar machte, daß sich die Menschen in Trauben um sie scharten. Du meintest, es wäre Neid, aber im Grunde war es nur mein Überlebenswille. Schaben bleiben auch im Dunkeln, um zu überleben, weil sie wissen, daß ihre Häßlichkeit im Licht des Tages unerträglich wird.

Du hast meine Art gehaßt, in allem immer das Schlimmste zu sehen, in Heiterkeitsausbrüchen und Verfolgungsjagden um einen Tisch, weil man den anderen kitzeln möchte, in Kinderspielzeug, auf dem der Hersteller, um Prozesse zu vermeiden, die Möglichkeit vermerkt hat, daß es unter bestimmten Umständen Feuer fangen oder explodieren könnte, und, das war das Schlimmste vom Schlimmen, im Frühlingsglück der Verliebten, wenn man an einem sonnigen Tag hinausgeht, um der eigenen Einsamkeit zu entfliehen. Mein Großvater sah Paare, die sich auf Parkbänken küßten, immer mit scheelem Blick an, für ihn war das eine Perversion, für mich war es die Inquisition.

Du hast meinen Defätismus gehaßt, weil er ein Widerspruch zu deinem Kolonialismus war, aber es hat dir gefallen, daß sich mein Buch in Frankreich gut verkaufte, weil sich daran zeigte, daß ich aus der Herde ausgebrochen war. Du hast es gehaßt, wenn ich dir Vorwürfe machte, aber es hat dir gefallen, daß die Franzosen mein Buch mochten. Du wußtest noch nicht, daß die Zerstörung, die sich überall verkauft, auch aus Büchern kommen kann. Für dich hieß schreiben bloß schreiben und nicht tagtäglich sterben, für dich hieß schreiben, eine informative Geschichte zu erzählen, nicht, sich zu quälen, dein Journalismus sei wirkungsvoll, hast du einmal gesagt, mein Schreiben schädlich. Für dich hieß schreiben auch recherchieren im Internet, und das war ein Teil des Vergnügens. Du hast mein Buch nicht gemocht, du mochtest nur meinen Erfolg, für dich bestand zwischen beidem kein Zusammenhang. Du hast in mir eine geöffnete Tür gesehen, du sahst dich an meiner Stelle.

Mit den verschiedenen Männern, die in mein Leben traten, verknüpften sich auch unterschiedliche Gründe zu sterben. Mein dreißigster Geburtstag stand als Todesdatum schon seit langem fest, nur die Gründe haben sich verändert, von der Lektion, die man den anderen erteilen will, bis zum eigenen Rückzug in mustergültiger Fügsamkeit; ich weiß nicht, wo ich stehe zwischen Tyrannei und Gehorsam; bevor ich sterbe, hätte ich das gern noch geklärt. Was dich betrifft, werde ich sterben, um dir Recht zu geben und mich deiner Überlegenheit zu unterwerfen, aber auch, um dich zum Schweigen zu bringen und deinen Respekt zu erzwingen. Tote sind unangreifbar, Tote verschlagen einem die Sprache, sie werden behandelt wie rohe Eier. In einer Wand meiner Wohnung habe ich einen riesigen Nagel eingeschlagen, um mich daran aufzuhängen. Vorher werde ich einen Cocktail aus Alkohol und Schlafmitteln zu mir nehmen, und um nicht einzuschlafen, bevor ich mich erhänge, werde ich mich mit dem Strick um den Hals besaufen, werde ich mich auf einem Stuhl stehend besaufen, bis ich bewußtlos umfalle. Ich will nicht mehr da sein, wenn der Tod kommt.

Ich werde auch sterben, weil ich, um geliebt zu werden, hätte lächeln müssen. Ich werde sterben, um zu beweisen, daß Lächeln eine andere Art ist, sich aufzusparen, genau wie der Schlaf. Du hast mich geliebt, aber die Traurigkeit auf meinen geschlossenen Lippen hast du gehaßt, weil sie auch glückliche Momente überdauerte, wie Körpergeruch den Duft des Lavendels. Es kam schon vor, daß ich gelächelt habe, doch das Lächeln trauriger Menschen hat immer etwas Angestrengtes, es braucht seine Zeit, es ist wie ein Fohlen, das, kaum aus dem Bauch seiner Mutter geschlüpft, auf wackligen Beinen stehen will; dafür benötigt es schon mehrere Versuche, bei denen es unter den Augen seiner hilflosen Mutter schwankt, stolpert und aufs Maul fällt. Meine Mutter hat mich einmal an meinem Geburtstag geschlagen, als ich eine neue Puppe im Arm hielt, weil es ihr zu lange dauerte, auf meine Freude zu warten. Schon früh im Leben habe ich begriffen, daß man gefälligst glücklich zu sein hat; seither stehe ich unter Druck.

An dem Abend im Nova waren wir beide in Begleitung. Du mit Annie, um die du dich nicht gekümmert hast, ich mit Adam, den du gut kanntest: ein blonder DJ, der damals sehr en vogue war, ein aufsteigender Stern unter den DJs der Gruppe Orion, für mich ein Gelegenheitsfick. Adam studierte Annie, er suchte in ihrem Gesicht nach Spuren der Verzweiflung darüber, daß du ihr keine Beachtung schenktest, so wie man mich studierte, wenn ein Abend zu Ende ging, ohne daß du das Wort an mich gerichtet hattest. Die Party an diesem Abend hat mich nicht interessiert, sicher hast du mich für arrogant gehalten, alle halten mich für arrogant, auch wenn ich mich nur langweile und meine Gedanken abschweifen. Und an einem Abend, wo alle Ecstasy genommen haben, wird Langeweile oft mit mangelndem Gemeinschaftsgefühl verwechselt.

Adam hat das Gespräch begonnen. Er hat vom Technofestival in Lissabon erzählt, zu dem er eingeladen war, und du hast stolz davon berichtet, daß der Euro den amerikanischen Dollar überflügelt habe. Schon da war alles klar zwischen uns, ich wußte um deine Herkunft, weil du Flagge gezeigt hattest als Europäer im Gegensatz zu den Amerikanern, ich hatte deine Kommandostimme vernommen, und ein paar Worte hatten genügt, mein Leben in deines hineinzuziehen. Heute bin ich sicher, daß du mich mit deiner Stimme herumgekriegt hast, alle Männer, die ich liebte, hatten in ihrer Stimme etwas wie ein gezücktes Schwert, ich wurde auch immer verlassen von allen Männern, die ich liebte, denn wenn sie nicht reden, werden Krieger zu Mördern.

An diesem Abend war ich mit dem Herzen nicht bei dem Fest, wie man so sagt, wenn man meint, daß das Glück der anderen einem aufs Herz drückt, dabei war es eigentlich mein Fest, ich wurde Schlag Mitternacht neunundzwanzig Jahre alt; der Geburtstag war mir egal, neunundzwanzig sind noch keine dreißig, außerdem wußte keiner etwas davon, ich habe es erst sehr viel später gesagt, da war es schon früher Morgen. Obwohl es mir nicht sehr gefiel, wollte ich nicht mehr gehen, ich hatte deine Stimme gehört, für mich war es längst zu spät. Manchmal blickte ich Annie verstohlen an und war von der kindlichen Schönheit ihres Gesichts fasziniert; sie war höchstens achtzehn, und wenn sie ein Escort-Girl gewesen wäre, hätte sie an diesem Abend Furore gemacht. Auch sie beobachtete mich und hielt mich mit meinen zehn Jahren mehr wahrscheinlich für überlegen. Sie wußte nicht recht, was sie da sollte, in diesem Vierer-Gespräch, das sich bald auf dich und mich polarisierte, und zerdrückte eine wunderbar kitschige, rote Pailletten-Handtasche an ihrer Brust. Die Tasche war wie eine Verbindung zwischen uns, weil ich zum Ausgehen auch solche Taschen trage, anscheinend waren wir einander ähnlich, was die Accessoires betraf.

Nach Annie wandte Adam sich Isabelle zu, seiner Ex, wahrscheinlich weil sie ihn links liegenließ und viel zu eng mit einem andern tanzte, dessen Blick sie mit einer Schnute, die zum Kuß einlud, erwiderte. Isabelle war wie Nadine, nur sadistischer, sie beschimpfte jeden öffentlich, statt ihn wie Nadine mit Komplimenten zu überhäufen, und ihre Bosheit trug noch zu ihrer Verführungsmacht bei. Sagen wir, Adam war auch nicht anders als wir, er gehorchte bloß seinem inneren Muster und verlor dadurch immer den Boden unter den Füßen, an diesem Abend vergaß er darüber ganz seine Aura als DJ und all die Muschis in der Warteschlange seiner Groupies. Adam war wie ich, wie du, er suchte beim anderen Geschlecht nach seiner Zerstörung. Wir beobachteten, wie er Isabelle beobachtete, und du hast dich die ganze Zeit gewundert, daß ich gar nicht eifersüchtig war, ich täuschte dich durch meine Ruhe, die du wahrscheinlich meiner Arroganz zuschriebst, du hieltest mich für unberührbar, und das reizte dich sexuell.

Du hast zu mir gesagt, deiner Ex gegenüber, die du an solchen Abenden manchmal träfest, seist du auch so, ohne genau zu sagen, was »so« war. Ich hätte sofort die Kurve kratzen sollen, als du von ihr anfingst, doch der Hochmut in deinen großen Reden forderte mich heraus, dir Paroli zu bieten und deine Schönheit zu bedenken, die um so größer war, als ich Männer im allgemeinen nicht schön finde. Diese männliche Schönheit suchte nach Worten, um mich an sich zu ziehen, und du hast viel geredet, eigentlich viel zuviel, um mich zu verführen. Du hast von deiner Leichtfertigkeit gesprochen, die darin bestehe, Frauen zu lieben, die noch leichtfertiger seien als du, du hast von der Gabe der Frauen gesprochen, das Interesse an Männern zu verlieren, die sich zu sehr für sie interessieren, du hast von Annies blindem Vertrauen gesprochen, das es dir erlaubte, sie ungestraft zu betrügen, und von deinem Romanprojekt über Cyberporno. Du hast Sachen gesagt, die ich später lieber nicht gehört hätte, aber an diesem Abend habe ich dir freundlich gelauscht und dich sogar noch ermuntert, weiterzumachen mit deiner jahrelangen Internetrecherche für dein Buch zum Beispiel und den Girls Nextdoor, die dir lieber seien als die Pornostars, wobei das alles natürlich nur der Wahrhaftigkeit diente. Du hast mir erstaunliche Sachen gesagt, die ich selbst geschrieben haben könnte, nur mit mehr Poesie, aus deinem Munde klangen sie schonungslos.

Aber ich habe auch das Meine dazugetan, nicht nur an diesem Abend, wir hatten das gleiche Interessengebiet, die gleiche Neurose, das gleiche gedankliche Feld, in dem wir uns bewegten. Daß Frauen in Pornofilmen möglichst ins Gesicht gespritzt wird, hast du behauptet, komme daher, daß sie eine Abreibung verdienten, und nicht daher, daß sie von den Männern einen materiellen Beweis für ihre Verführungsmacht verlangten. Beschmutzen bedeute nicht beruhigen, sondern den eigenen Fehler auf den anderen abzuwälzen, um die Dinge geradezurücken. Ich gab dir zur Antwort, daß

Männer es im allgemeinen schlecht ertragen, zu gehorchen, wenn sie zu bestrafen glauben, und daß Frauen ihre Ziele auf durchtriebenere Art erreichen, indem sie den Eindruck erwecken, aufs Kreuz gelegt worden zu sein.

Wir haben einander viele Dinge dieser Art gesagt an dem Abend im Nova, wir waren bester Laune, wir waren seelenverwandt, verbündet durch unsere Geschichten, wir waren das ideale Paar, unsere Umgebung könnte sich auf uns verlassen, gemeinsam würden wir es weit bringen. Ein paar Monate nach dem Nova begann der Krieg, und alles an diesem Abend Gesagte wandte sich gegen uns, daß wir nicht wußten, wie wahr es war, was wir sagten, wäre noch harmlos ausgedrückt. Wir haben einander den Krieg erklärt, und wenn du ihn gewonnen hast, dann nicht, weil du die besseren Waffen hattest, sondern weil er für mich noch nicht zu Ende ist, gewinnen heißt loslassen, gewinnen heißt vergessen und den anderen dem Gefühl überlassen, daß es noch nicht zu Ende ist.

Später dachte ich, daß du an Huren, einschließlich Ex-Huren wie mich, wahrscheinlich dieselben Erwartungen hattest wie alle Welt: daß man ihnen alles sagen kann, daß sie unkompliziert sind und sofort und ohne Umstände lieben, daß man bei der Liebe nicht etappenweise vorgehen muß, weil sie wissen, daß jeder Kavalier einen Schwanz hat, daß sie zur Ehrlichkeit animieren, weil sie am Puls der menschlichen Natur sind und daher das ganze Elend kennen wie arme Kinder den Hunger, daß sie schon alles gesehen und alles gehört und alles mit allen getrieben haben und daher wie große Brüder sind, mit denen man ganz ungezwungen verkehren kann.

Der Abend erreichte seinen Höhepunkt, als DJ Mouse auflegte, um Mitternacht waren über tausend Leute in dem Loft. Da ich von Techno nicht viel verstehe, sah ich keinen Unterschied in der Musik von DJ Mouse und der von DJ Nivok, der eben das DJ-Pult mit seinen Plattenkoffern verlassen hatte, doch Mouse war eine Frau, und eine Frau am Werk zu sehen ersetzt das Werk, das ist eine Frage der Optik. Man hörte dies und das über sie, daß sie auf Dreier stand zum Beispiel, daß ihr unschuldiges Puppengesicht mit den braunen Haaren die Kameras anzog und sie daher ziemlich viel verdiente. Du hast mir erzählt, daß sie Nadine nahestand, wobei sämtliche DJs von Montreal und die gesamte Technoszene Nadine nahestanden, und daß du es bereutest, ihr nahegestanden zu haben wie alle anderen, weil du nicht irgendwer warst. Dieser Abend im Nova war der letzte, an dem ich dir gestattet habe, so lange von ihr zu erzählen; du hast die Nachsicht ausgenutzt, die man zum ersten Kennenlernen braucht.

Auf dem Höhepunkt des Abends löste Annie sich aus der Menge, kam auf dich zu und nahm dich zur Seite, weil sie mit dir reden wollte. Adèle und Jacynthe, zwei ihrer Freundinnen, die ich schon auf anderen Orion-After-Hours gesehen hatte, beobachteten flüsternd die Szene. Schon da hatte ich Angst, dich zu verlieren, ging aber mit meinem strahlendsten Lächeln an die Bar, um mir ein Glas holen und euch allein zu lassen. Als ich eine Stunde später zurückkam, warfst du mir einen erleichterten Blick zu, wir hatten beide befürchtet, daß Annies Eindringen unsere Verbindung unterbrechen könnte. Noch immer hielt Annie die rote Pailletten-Handtasche fest an ihrer Brust, als wollte sie ihre Wunde vor dir verbergen; Annie war anders als ich, sie hat dich geschont, sie schützte dich vor sich, sie konnte sich beschränken. Meine Rückkehr hat euer Gespräch unterbrochen, ihr seid verstummt. Man hätte nicht behaupten können, daß Annie wütend wirkte oder auf dich böse gewesen wäre, überhaupt nicht, sie traute sich nicht einmal mehr, einen von uns beiden anzuschauen, mich oder dich, sie betrachtete den Boden oder deine Füße, als ob sie auf etwas warten würde, doch auf ihrem Gesicht lag der unermeßliche Schmerz jener Frauen, die gemocht werden, aber nie erwählt. Nach minutenlangem Schweigen ging Annie mitsamt ihren Freundinnen und der namenlosen Traurigkeit jener Frauen, die von der Liebe nur Halbheiten kennen, wieder in der Menge auf.

Die Party ging ohne sie weiter im Technogedröhn, das in den Bässen härter wurde, und wir gefielen uns immer besser. Adam rang immer noch um die Aufmerksamkeit Isabelles, manchmal kam er für ein paar Minuten zu uns herüber, um ein paar Worte zu wechseln und mich flüchtig auf die Wange zu küssen, aber nur um Isabelle zu demonstrieren, daß er auch ein Leben hatte. Uns fiel auf, daß wir seit Beginn der Party mitten auf der Tanzfläche standen, wo immer mehr Leute auf Speed immer schneller tanzten. Du schlugst vor, ein bißchen Luft zu schnappen, ich sagte ja, dann wolltest du nicht mehr, vielleicht um nicht noch eine Störung unserer Verbundenheit zu riskieren, wo wir uns gerade so gut verstanden, um uns nicht aus dieser Umgebung unter den klaren Sommerhimmel zu verpflanzen, der uns womöglich alles verhagelt hätte.

Stattdessen hast du mich am Arm genommen und von der Tanzfläche zu einer neuerdings mit Spiegeln tapezierten Wand geführt, auf der bunte Lichtpunkte tanzten. Aber ich sah nicht die Spiegel, sondern eine Vergrößerung der Partygesellschaft in einen mir unbekannten Raum. Einen Moment lang dachte ich, sie hätten die Wand zum Loft nebenan durchgebrochen, doch dann sah ich mich, mich selbst, Nelly. Da bin ich in mich hineingefallen, dir trotz der Aufmerksamkeit, die du mir bis dahin geschenkt hast, einfach aus den Händen geglitten; der Spiegel schnappte nach mir, und das Band zwischen uns ist gerissen. An diesem Abend im Nova habe ich dir ungewollt den Geburtsfehler gezeigt, der aus mir ein Monster macht, unsichtbar im Tarot meiner Tante, ich habe schon immer gesagt, daß mein Problem die Sichtbarkeit ist. Du hast diesen Fehler nur zu gut gekannt, er hat dich bald angeödet, weil er an dir hängenblieb, du solltest ihn durch deine Liebe aufwiegen und ihm ein wenig von deiner Schönheit abgeben.

Meine Haare hatten an diesem Abend ihre natürliche Farbe, also weder Blond noch Braun, aber im

Grunde genommen hatte das nichts damit zu tun, es war nur die Spitze des Eisbergs, wie man so sagt, wenn man Abenteurer warnen will, daß manches sich nach unten, in die Tiefe hin ausbreitet und im Verborgenen monströse Ausmaße annimmt. Erst betrachtete ich die farblosen Haare im Spiegel, dann die Rötungen auf Nase und Wangen und so weiter, bald waren im Spiegel nur noch Parzellen der Häßlichkeit zu sehen, die sich in einer Unzahl von Tönen bis in die winzigsten Teilchen zersetzten; da wäre ich gern allein gewesen, um mich ganz neu zu schminken und zu frisieren. Aus allzu großer Nähe betrachtet, wurde die Unvollkommenheit überdeutlich und gab der Kritik Raum.

Anfangs hast du geglaubt, ich sei von mir selbst so durchdrungen, daß ich mich immer in allen Spiegeln betrachten müßte, allmählich hast du begriffen, daß ich nicht eingebildet, sondern schwach war, dann hörtest du auf, mich zu lieben, weil dein Schwanz es brauchte, daß ich mir selbst genügte. Schwäche war Schwäche vor Zeugen, Schwäche war eine Einladung zuzuschlagen, wie man auf das Elend der Penner eindrischt, um dem Abscheu an der Quelle zu begegnen, schlagen ist ein Versuch, mit den Ursachen fertigzuwerden. Wenn ich untröstlich war, weil du mich nicht ficken wolltest, hast du mich nach Hause geschickt, um mir begreiflich zu machen, daß ich in meinen Kleinheitsanfällen isoliert werden müsse. Kaum war ich zu Hause, suchte ich als erstes in der Liste der Anrufer nach deiner Nummer, meistens hast du dich erst am nächsten oder übernächsten Tag wieder gemeldet, deine Stimme war verändert und ging mich nichts mehr an. Da du nicht da warst, um mich in meiner Schwäche zu sehen, mußte ich mich an diesen Tagen selber schlagen, das war eine Verweigerung des Selbstmitleids und die Notwendigkeit, dem Schmerz eine Farbe zu geben: auf der Schläfe das Blau deiner Verachtung, auf der Schulter das Gelb meines freien Falls. Ich nahm oft Weinflaschen oder Türklinken dazu, mit Rasierklingen schnitt ich mir Kreuze in Arme und Schenkel, ich markierte die Stunden wie ein Häftling, bis mein ganzer Körper weinte. Mit keinem Wort hast du je die unübersehbaren Male bedeckt, wahrscheinlich verbarg sich das Grauen hinter deiner unerschütterlichen Ruhe. Aus einem gewissen Blickwinkel betrachtet, war ich die Stärkere von uns beiden.

Ich habe mich eine Weile lang angestarrt in dieser Spiegelwand im Nova, dann nahmen wir das Gespräch wieder auf, und ich war nur noch ein Häufchen Elend. Später hast du mir einmal gestanden, daß du an jenem Abend dachtest, ich wollte dich veralbern, indem ich auf Woody Allen machte, um dein Begehren herauszufordern. Ich trieb die Aufrichtigkeit bis zum Ende, vielleicht um dir nachträglich dafür Recht zu geben, daß du dasselbe getan hast. In einem Zug offenbarte ich dir, daß ich, von nahem betrachtet, nicht schön bin und Männer mich im allgemeinen für geisteskrank halten, daß ich mich unwohl fühle in meiner Haut und mit diesem Unbehagen häufig meine gesamte Umgebung anstecke, daß mich alle Menschen in meinem Leben einschließlich meiner Eltern am Ende fallenlassen haben, und daß ich, bevor ich in meinen Badezimmerspiegel schauen kann, das Licht ausschalten muß. Auf den ersten Blick war ich keineswegs häßlich, im Gegenteil, ich wollte nur nicht mit verdeckten Karten spielen, die Häßlichkeit mußte angekündigt werden, um vorzubeugen, es war damit zu rechnen, daß sie auftauchen würde. Ich habe dir an diesem Abend im voraus meine gesamte Routenbeschreibung gegeben, ich habe dir sämtliche Gründe für das Ende deiner Liebe im voraus geliefert, ich hielt viel von Transparenz, wie du auch.

Ich war zwar nicht häßlich, doch meine Schönheit war unbeständig, wie soll ich sagen, sie konnte jederzeit scheuen und sich nach innen verziehen; manchmal löste sie sich binnen weniger Sekunden auf. Da mußte nur ein weibliches Wesen in deinem Gesichtskreis auftauchen, es reichte schon, wenn du von jemandem sprachst und dabei bestimmte Worte hervorhobst, zum Beispiel »hübsch«, das brauchte nicht einmal eine Frau zu sein, ein Foto genügte oder auch deine Katze Oréo. Im Grunde genommen hing meine Schönheit ständig an einem seidenen Faden, sie war mit unserer Zweisamkeit verknüpft, in Gesellschaft verblaßte sie. Es war eine wilde Schönheit, die sich oft in ihrem Bau verkroch und ihre Zähne zeigte.

Nachdem ich mich so beklagenswert geäußert hatte, bin ich für einen Moment verstummt. Wenn es zu spät ist, kommt man oft wieder zu sich, nimmt sich bei der

Hand und redet sich gut zu, man sagt sich, beim nächsten Mal werde ich ganz anders sprechen, die Häßlichkeit nicht behaupten, sondern in Frage stellen, den anderen fragen, was er sieht, bevor ich mich offenbare. Mir haben schon Leute gesagt, ich sei ihnen unerreichbar vorgekommen, bevor sie mich kannten, der Gnade jener teilhaftig, deren mühevollen Aufstieg zur gesellschaftlichen Anerkennung man nicht miterlebt hat, eine unbefleckte Hure, die auch in der Schande vornehm blieb.

Ich war schwach, und du warst von Geburt an groß, du hast dich schon als Baby durchgesetzt, deine Mutter hat deinen Vater aus ihrem Schlafzimmer geworfen, um dir dort Platz zu schaffen, er wurde in ein Dienstbotenzimmer mit Dachluke im sechsten Stock ausquartiert. Seit deiner Geburt warst du der Hahn im Körbchen, der am frühen Morgen ganz Paris wachschrie. Nachts hast du deine Mutter mit deinen eigenen Liedern in den Schlaf gebrabbelt, sie fühlte sich bei dir sicher und schlief mit geballten Fäustchen in dem breiten Bett deiner entzweiten Eltern.

Wir haben immer weiter gesprochen vor der Spiegelwand im Nova, aber ich hörte nicht mehr zu, nichts konnte mich mehr erreichen, nicht einmal deine Stimme, selbst du warst machtlos gegen die größte Besessenheit meines Lebens, die auch die furchterregendste ist, weil ich den Ausgang nie gefunden habe: mein Spiegelbild. Wenn ich mich aufhänge, werde ich mein Gesicht mit einem Kissenüberzug verdecken und die Sargöffnung verbieten. Kein Ereignis auf der ganzen Welt, nicht einmal das letzte Stündlein aller bedrohten Wolkenkratzer der westlichen Welt noch der Schuß ins Knie, den sich die Amerikaner zufügten, als sie ihre Waffen auf den Irak gerichtet haben, nichts hätte etwas gegen die Spiegel ausrichten können, die unsere Begegnung jenseits der Wand verdoppelten, nichts konnte jemals etwas gegen meinen Zwang ausrichten, mich im Auge zu behalten, warum auch immer, wahrscheinlich weil ich dieser Schönheit, die sich bei der erstbesten Gelegenheit in die Poren zurückziehen konnte wie eine Schnecke in ihr Haus, noch nie so recht traute. Aus Erfahrung weiß ich, daß sich der Blickwinkel der anderen automatisch verändert, wenn man sich selbst nicht mehr schön findet. Während ich mir einzureden versuchte, daß du von weiblicher Psychologie nichts verstehst, blickte ich zur Spiegelwand, um mein Bild aus der Menge herauszuschälen, ich wollte den Mangel am Werk sehen.

Wenn der Mangel am Werk ist, sieht man sich nicht mehr im Ganzen, sondern nur im Detail. Der Mangel ist überall, wo man hinschaut, und da du auf einmal verstummt bist und dein Lächeln versiegte, dachte ich, die Ausbreitung des Mangels habe ihn auch für dich sichtbar gemacht. Ich dachte, du hättest plötzlich einen bestimmten Zug an mir entdeckt, der dir vorher entgangen sei. Daß dir an mir nichts auffiel, hast du mir später gesagt, du dachtest bloß, du langweiltest mich mit deinen langatmigen Reden, als du sahst, wie ich mein Spiegelbild sezierte, dachtest du, das sei meine

Art, mir die Zeit zu vertreiben; wer einen andern verführen will, hält sich immer für die Ursache von allem.

An diesem Abend arbeitete der Mangel hauptsächlich an den Furchen unter meinen Augen, die keine Ringe mehr waren, sondern das Leid des Lebens. Sie hatten die Farbe gewechselt, und dieses unverzeihliche Violett beherrschte mein ganzes Gesicht. Seit ich ganz klein war, habe ich dieses Violett erwartet, es war bereits angelegt in der Erwartung meines dreißigsten Geburtstags. In diesem Violett, das durch meine verdüsterte Miene noch dunkler wurde, waren meine blauen Augen grau geworden und hatten sich in ihre Höhlen verkrochen, der Rest des Gesichts verblaßte wie der Rücken eines Chamäleons, man sah es schon gar nicht mehr. Nur meine Augenringe hingen noch in der Menge, und an diesem Abend fielen alle schlaflosen Nächte der Welt auf sie zurück. Jeder weiß, daß Gesichter nur schön sind, wenn nicht ein Zug hervorsticht, das steht in jeder Modezeitschrift, daß Schönheit vor allem eine Sache der ausgewogenen Komposition ist.

Als du dich umsahst vor der Spiegelwand, vielleicht um zu schauen, ob Annie noch da war, dachte ich, das sei dein erster Fluchtreflex. Über Annie hast du nicht viel gesagt an diesem Abend, nur daß sie in dir den Mann ihres Lebens sehe, wofür du nichts könntest, außer daß du es schmeichelhaft fändest. Zwischen dir und den Frauen gab es keine Symmetrie, und du warst nicht der einzige dieser Art, auch ich gehörte dazu und Annie ... Menschen sind so, sie schauen woandershin, wenn man sie anschaut, mein Großvater hat das Problem auf seine Weise gelöst, indem er Gott schaute. Anscheinend kann Gott alles sehen und alles hören, und diese Allgegenwart zwingt ihn dazu, die ganze Menschheit zu umarmen, aber von ihm aus betrachtet, ist es keine Liebe, er kann bloß nicht anders; wirkliche Liebe wäre es nur, wenn er sich der Verantwortung, die seine absolute Sicht ihm auferlegt, auch entziehen könnte, vielleicht wäre er doch lieber ein Mensch, weil er sich dann das Recht zusprechen könnte, seinesgleichen zu verlassen.

Einmal hast du auf die Uhr gesehen, als wir vor der Spiegelwand standen, und ich dachte schon, ich hätte dich für immer verloren. Dann bist du gegangen, und als du mit einem neuen Bierglas in der Hand zu mir zurückkamst, freute ich mich über dein Lächeln.

*

Das Tarot meiner Tante war beeindruckend, groß wie ein Terminkalender. Es half aber nichts, sie konnte nicht darin lesen, wenn ich dabei war, und das war ihr ziemlich peinlich. Einmal bat sie mich, aus dem Zimmer zu gehen, weil sie dann vielleicht mehr sehen könnte, doch als ich zurückkam, zuckte sie die Achseln, es funktionierte in meiner Abwesenheit nicht besser als in meiner Anwesenheit. Das wurde allmählich zu einer Anklage gegen sie, die riesigen Karten machten sich über sie lustig, durch mich wurde sie kurzsichtig; einmal nahm sie ihre Brille ab und steckte die Nase tief in die Karten, ein anderes Mal hielt sie sie auf Armeslänge von sich, doch sie sah immer nur unverständliche Zeichen auf plastifiziertem Karton. Die Karten trugen Figuren mit den üblichen Namen wie Magier, Hierophant, Herrscherin, Narr, die Liebenden, Eremit, Tod und Teufel. Ich mochte den Gehenkten gern, weil er an den Füßen aufgehängt war, weil die Welt für ihn auf dem Kopf stand und er die anderen an ihren Schuhen erkennen mußte, er repräsentierte die Ausweglosigkeit, die Sackgasse, er flößte Mitleid ein. Meiner Tante zufolge verhießen erschreckende Bilder wie der Tod nicht notwendig Unheil, das hing von den anderen Karten ab, so tauchte die Sonne manchmal nur deshalb in einem Spiel auf, um das Elend ein wenig aufzuhellen.

Sie legte vier Karten kreuzförmig vor mir aus und anschließend eine in die Mitte; die mittlere Karte war am wichtigsten, denn sie stellte die Verbindung zwischen den anderen her, sie konnte den Einsatz retten, aber auch das Spiel ruinieren. Bei mir lag in der Mitte oft die Mäßigkeit, eine Karte mit nur wenigen Farben, auf der man einen Mann sah, der Wasser in seinen Wein goß, im großen und ganzen hieß das, daß ich eine verwischte, aufgelöste, nebulöse Persönlichkeit war. Das mit der Auflösung war meiner Tante zufolge bei mir buchstäblich zu verstehen, keine besondere Eigenschaft, sondern die Grundlage von allem, die Auflösung als meine eigentliche Substanz. Außerdem hätte ich eine weiße, durchscheinende Haut, man könne fast durch mich hindurchsehen. Diese Karte erklärte die

Dinge ganz gut, fand meine Tante, das Nebulöse dominierte ihre Tarotkarten, es war die mächtigste aller Waffen, es wurde mit allem fertig, es folgte allen wichtigen Ereignissen, weichte deren Ränder auf und verhüllte sie schließlich. Um die Mäßigkeit wurden allerlei Theorien geschmiedet, sie schien mit einem Geburtsfehler in Zusammenhang zu stehen.

Der Arzt, der meine Mutter während der Schwangerschaft betreute, hatte ihr zunächst einen Jungen angekündigt, er hatte ihr sogar das Schwänzchen auf dem Ultraschallbild gezeigt, eine Illusion, die meine Mutter mit ihrer wachsenden Liebe nährte; sie sah in mir bereits den großen Mann, den sie monatelang wiegte, mit dem sie sprach, dessen Namen sie sang: Sébastien. Als ich schließlich auf die Welt kam, wechselten der Arzt und meine Mutter fassungslose Blicke. Obwohl er unterwürfig um Vergebung bat, wollte meine Mutter nicht mehr von ihm behandelt werden, nachdem seine grobe Inkompetenz erwiesen war, schließlich hatte sie seinetwegen eine Menge zärtlicher Gedanken verschwendet, ganz zu schweigen von dem Geld, das für Tapeten und blaue Strampler draufgegangen war, seinetwegen gab es keinen Namen, um mich an meinem ersten Tag im Licht der Welt willkommen zu heißen. Und das riesige Fibrom, das auf der Gebärmutter meiner Mutter gefunden wurde, hätte mich eigentlich schon in den ersten Monaten der Schwangerschaft erdrücken müssen; daß ich überhaupt auf der Welt war, widersprach allen Gesetzmäßigkeiten der Natur, mein Leben war unerklärlich. Vermutlich war mein Name ebenso wenig im großen Schicksalsbuch verzeichnet wie meine Geburt, meinte meine Tante, und wahrscheinlich wußte nicht einmal Gott von meiner Existenz. Damit entginge ich auch dem Jüngsten Gericht, was mir eine grenzenlose Freiheit schenkte, bis hin zu dem Recht, anderen das Leben zu nehmen, ich könnte später Auftragskiller werden und mich der Gerechtigkeit entziehen. Dafür würde meine Seele weder das Tor zum Paradies durchschreiten noch das Tor zur Hölle, sondern ewig durch die Vorhölle irren, allein wie ein Eisbrocken zwischen zwei Galaxien; um mein Leben machte sich meine Tante weniger Sorgen als um das Jenseits, wo mich womöglich ewige Trostlosigkeit erwartete. Ich wüßte gern, ob sie die Karten auch noch über mich befragen wird, wenn ich tot bin, und ob mein Tod die kosmische Energie, die sie auf sich lenken, vielleicht doch noch zum Leben erweckt.

Die schrecklichste Karte war der Mond, sie stand für versteckte Ängste und tiefste Furcht, und man sah darauf einen Krebs unter einer mondbeschienenen Brücke. Das war für meine Tante das Schlimmste, was einem im Leben passieren konnte: von einem Krebs zerfressen zu werden, der heimlich wie ein Tumor sein Zerstörungswerk vollbrachte. So hatte sie durch den Krebs in ihren Karten gesehen, daß ihre Tochter Linda verrückt werden würde, und als diese kurz darauf mit fünfzehn Jahren tatsächlich an Schizophrenie erkrankte, glaubte meine Tante, sie habe damit, daß sie ihrer eigenen Tochter die Karten legte, ein Gesetz übertreten; der Wahnsinn war die Weissagung und die Strafe für die Weissagung.

Alle Karten waren mit einer römischen Zahl markiert. Schon komisch, wenn man bedenkt, daß auch im 21. Jahrhundert das Wissen um die Zukunft noch immer mit der fernen Vergangenheit in Verbindung gebracht wird. Ich frage mich, wie wohl ein modernes Tarot aussehen könnte; ob darauf Gene und Mikroskope abgebildet wären, Viren und Rezepte für Antibiotika, Dateinamen und E-Mail-Adressen, Nadines und Annies, Handys und Flugzeuge? Es ist anzunehmen, daß der Tod nicht vorkäme oder höchstens auf positive Weise, als Wiederauferstehung durch Klonen oder Einfrieren, es wäre auch denkbar, daß alle Karten wenigstens im Ansatz irgend etwas Gutes, Positives hätten, das man mit nach Hause nehmen könnte, daß sie allen Prüfungen des Lebens etwas abgewinnen könnten und der Welt mit einem Lächeln gegenüberträten.

Meine Tante hat mir einmal gestanden, sie habe sich heimlich gewünscht, im Mittelalter zu leben, dann wäre sie auf einem Scheiterhaufen verbrannt worden und hätte so ihre Gabe auf ewig geheiligt; die Größe der Strafe stand damals in direkter Beziehung zu der zu besiegenden Macht. Sie glaubte an Hexen und Märtyrer, deshalb mochte sie mich wahrscheinlich.

Zum Schreiben gingen wir täglich in unsere Lieblingscafés, du ins Eldorado oder das Café So auf dem Plateau oder ins Olympico im Mile End, ich in Les Gâteries, La Brûlerie oder Le Pèlerin im Quartier Latin.

Am Anfang unserer Liebe fiel uns jede Trennung schwer, wir vermißten einander sofort, sogar bei der Arbeit brauchten wir die Überwachung des anderen. Anfangs wollten wir Seite an Seite schreiben, wie Verliebte, in denselben Cafés, aber nach ein paar Wochen waren wir uns einig, daß wir nur dort richtig schreiben konnten, wo wir allein unter Menschen waren. Man muß dabei laut denken können, ohne daß der andere es hört, man muß den Kopf in die Hände stützen und die Wörter verfluchen können, die nicht zu packen sind, man muß mit den Fingern auf den Tisch trommeln können, ohne sich um die Nerven der Tischgenossen zu scheren, man muß sich gehen lassen können und auf Manieren verzichten, das verträgt sich nicht mit der Liebe, wir hätten uns voreinander etwas vergeben.

Zu Hause zu schreiben kam überhaupt nicht in Frage, weil man verrückt wird, wenn man den ganzen Tag dort schreibt und dann auch noch den Abend dort verbringt; wir konnten die Wohnung nicht als Teil der Außenwelt betrachten, sie war eine Hülle, ein Spiegelbild von uns selbst.

In der ersten Zeit, solange wir nicht voneinander lassen konnten, saßen wir uns im Café gegenüber, maßen einander über den Bildschirm hinweg und warteten auf eine Eingebung, unsere Gedanken waren auf Konfrontation eingestellt, wir verdächtigten einander des Plagiats. Endgültig gescheitert ist das Ganze dann, als du mir einmal in der glühenden Mittagshitze beim Essen auf der Terrasse des Cafés Les Folies Auszüge aus dem Text gezeigt hast, an dem du gerade schriebst. Er klang wie von einem Freier. Da gab es haufenweise Brünette; von deiner Fixierung auf Stiefelfrauen war die Rede, du hattest angeblich Stiefel im Blut wie Schwarze den Rhythmus, niemand könne etwas dafür, nicht einmal die Frauen, die nicht unbedingt dich mit ihren Stiefeln meinten, die Stiefel verlängerten nur deine Erektionen für und gegen jeden. Um dir eine Freude zu machen, habe ich mir einmal lange, schwarze Lederstiefel gekauft, doch du wolltest nicht, daß ich sie anzog; ich war deine Blonde.

Wenn ich dich tippen hörte, kam es mir vor, als faßtest du beim Schreiben die Frauen an, über die du schriebst, als wären deine Scherze Flirts, das Schreiben als Freier fiel dir anscheinend leicht, du machtest aus Frauen Anekdoten. Ich habe von Anfang an unter deinem andersgearteten Geschlecht gelitten, mein Geschlecht war schwer, es schaute nach unten, es war deinem nicht gleichwertig.

Wir schrieben im Café, weil man beim Schreiben leicht das Gefühl bekommt, sich lächerlich zu machen, und sich nach einfachen Freuden sehnt, die wir unbedingt meiden mußten: an den Kühlschrank gehen, sonnenbaden auf dem Balkon, die schattigen Ahornbäume im Parc Lafontaine, die Nachmittage auf den Terrassen der Rue Saint-Denis, Pornographie für dich und für mich, die immer schon dem Alkohol zuneigte, Krüge voll Sangria. Vor allem aber schrieben wir im Café, weil uns die Idee gefiel, im Schaffensrausch gesehen zu werden, wir hätten gern eine Kunstrichtung begründet und ein Manifest dazu verfaßt, wir wären gern die Urheber einer geistigen Strömung gewesen. Die anderen Leute in den Cafés erschienen uns wichtig, um unser Streben mit einem human touch zu versehen, in unserem Narzißmus war immer Platz für das Menschliche.

Trotz aller Anstrengungen habe ich während unserer ganzen Geschichte nichts geschrieben, und wenn du mich gefragt hast, wie mein Tag war, mußte ich dich genauso belügen wie die Männer zu der Zeit, als ich mich prostituierte. Die Liebe hat mich gelähmt, ich hatte nichts mehr zu sagen, seit mein Leben von dieser neuen Freude erfüllt war. Du hast Artikel geschrieben und deinen Roman und ich nichts, besser gesagt irgendwas, Schnipsel, mißglückte Novellen und eine sterbenslangweilige Magisterarbeit über die Theorien Lacans, in der auf der Grundlage der Lacanschen Theorien bewiesen wurde, daß diese immer stimmen. Es könnte sein, daß ich monatelang darauf gewartet habe, daß du gehst, um dir dann alles in die Schuhe zu schieben, das habe ich früher mit meinen Freiern genauso gemacht.

Wir hatten beide unsere Vorstellung vom Schreiben. Für dich hieß Schreiben, alle Welt durch neue Ideen zu tabuisierten Themen zu überraschen, für mich, mir Zeit zu lassen, bis niemand mehr etwas erwartete. Die Kehrseite meines ersten Buches war das enorme Gewicht, mit dem es das zweite erdrückte. Das Problem mit dem ersten Buch bestand darin, daß alle es mochten, aber keiner es bis zum Ende gelesen hatte, und diese Kapitulation meiner Leser hinderte mich an der Fertigstellung des zweiten; sagen wir, daß wir Komplizen waren, meine Leser und ich, ich hatte sie gelehrt, daß auch Kotzen eine Art zu schreiben ist, und sie haben mir zu verstehen gegeben, daß Talent einen ankotzen kann.

Für mich war Schreiben Verrat, Schreiben hieß Brüche sichtbar machen, das Mißglückte zeigen, die Geschichte der Narben, die Geschicke einer zerstörten Welt. Schreiben offenbarte, was sich hinter der Fassade der Menschen verbarg, das erforderte einen gewissen Sadismus, die Auswahl der Menschen um einen herum und vor allem eine irrsinnige Liebe, um das Schlimmste aus ihnen herauszuholen. Du hast ganz anders geschrieben, du warst charmant. Du warst auf der Seite der Superhelden, der sympathischen Typen, der Aufreißer und feuchten Mädchen, für dich war Schreiben ein Aufschwung, der beim Leser jedes Unwohlsein vertreiben sollte, anders als bei mir, der Leser sollte sich heimisch fühlen unter den Aufreißern und feuchten Mädchen, Schreiben hieß für dich Kompensieren, Heldentum als Revanche für die eigene Mittelmäßigkeit.

Dein Schreiben hat mich nicht interessiert, du schon. Deine Schönheit rechtfertigte alles, was du schriebst, wenn ich etwas von dir las, abgesehen von den Passagen, die ich aus Eifersucht nicht lesen konnte, sah ich dich schreibend vor mir im Café und hatte ein Problem mit der Nähe, ich sah dich in deiner Schönheit, die den ganzen Raum einnahm, ohne mich zu meinen, und mußte begreifen, daß du schon existiert hast, bevor ich für dich existierte, ich wurde von deiner Vergangenheit verhöhnt und aus deinem Leben gedrängt. Jedenfalls war deine Schönheit der Rahmen für alles, was du tatest, du warst ein bißchen wie DJ Mouse, in deiner Männlichkeit lag eine weibliche Anziehungskraft.

Anfangs versuchte ich mein Schreiben zu beflügeln, indem ich mir viele Fragen zu dir stellte, ich saß im Pèlerin und überlegte, was wohl die Kundschaft im Café So sah, vor allem die Frauen waren sicher überwältigt von deinen breiten Schultern vor dem aufgeklappten Laptop, von deinen braunen Augen und den starken Brauen, von deinem kantigen Kinn und dem großen Mund, den ich nur küssen konnte, wenn ich auf den Zehenspitzen stand, von deiner Größe, die auch im Sitzen beeindruckend war und dem, was du schriebst, in ihren Augen sicher großes Gewicht verlieh, und wenn du noch dein Gesicht in deine Hand gestützt und mit den Augen durch die Finger geblinzelt hast, waren sie sicher hin und weg. Für sie schriebst du wahrscheinlich Liebesgedichte, und deine Worte wußten in ihren Träumen genau, was sie von dir wollten. All diese Frauen, die dich sahen, konnten sich jederzeit von ihrem Tisch erheben und dich um Feuer bitten, sich für das interessieren, was auf deinem Bildschirm stand, und sich über dich neigen, um ihr Dekolleté auf deine Augenhöhe zu bringen, am nächsten Tag wiederkommen, um die Verbindung zu halten, und vielleicht eine Affäre mit dir zu haben, wer weiß.

Beim Schreiben lernt man, daß das Schreiben seine Launen hat, die es in einer vertrauten Umgebung ausleben will, und daß es keine Autobahn braucht, um abzuhauen, eine Straßenecke genügt. Es kommt oft aus Langeweile, weil man sich jeden Tag an denselben Tisch setzt und die Bedienung so vergeßlich ist, es kommt aus der Leere sonniger Nachmittage und immer dann, wenn man nicht schaut, was draußen passiert. Im Zug nach Prag ist mir nichts eingefallen, weil ich zuviel Neues sah, also nahm ich am anderen Ende der Welt meine alten Trampelpfade wieder auf und beschrieb das Pèlerin, den Spiegel gegenüber dem Tisch, an dem ich gewöhnlich saß. Bei meiner Rückkehr stellte ich zu meiner Überraschung fest, daß er rechteckig war statt oval, wie ich ihn im Zug nach Prag beschrieben hatte, aber im Grunde genommen hat die

Form der Dinge, in denen man sich selbst betrachtet, keine große Bedeutung. Nach mehreren Jahren Schreiben in Cafés kann ich bestätigen, daß man sein Café gefunden hat, wenn man dort weinen und gleichzeitig im Spiegel sein Aussehen überprüfen kann, ohne daß die anderen es merken.

Für dich war die Schriftstellerei ein alter Traum, für mich der Endpunkt meiner Asozialität. Dir ging es um das Bild des Autors, den man im Café an seinem Buch schreiben sieht: Jede Etappe des künftigen Werks durchleidend mit zweifelnd gefurchter Stirn, sitzt er tiefgebeugt an seiner Tastatur, seiner Aufgabe müde, der Blick so leer wie die Seiten in der Erwartung des großen Wurfs. Du würdest auf den Werbefotos für deinen künftigen Roman eine Zigarette rauchen, hast du einmal zu mir gesagt, Schriftsteller müßten sich jeder Form der Propaganda sichtbar entgegenstellen, vor allem der der Baby-Boomer von der amerikanischen Westküste.

Daß du schreibst, hat mich lange vom Schreiben abgehalten. Wäre deine Liebe für immer gewesen, hätte ich es ganz aufgegeben. Als du in mein Leben kamst, habe ich dir allen Raum gegeben, wohlwissend, daß du nie soviel von mir verlangt hast, zuviel zu geben ist eine Verhaltensabweichung, ein Koordinationsproblem, das weiß jeder, wer zuviel gibt, schenkt Dinge, die keiner braucht, Stricksachen zum Beispiel oder Babyfotos. Oft gibt man, um anderen ihre Herzlosigkeit vor Augen zu führen. Mein Großvater war so, ein großer Wohltäter der Menschen, die nichts von ihm wollten und von seiner Großzügigkeit fast erschlagen wurden. Es drängte ihn, Geschenke zu machen, das war seine Art, die Waffen zu strecken, er mußte sich der materiellen Güter seines Lebens entledigen, die ihn an dem Tag, da Gott ihn zu sich holen würde, belasten könnten. In seinem Elend hatte er sicher nur den Wunsch, daß seine Seele nackt und makellos vor ihren Richter trat, so daß Gott ihn an seinen Worten messen könnte und sich schämte; ich habe noch viele Dinge von ihm, seine Hütte, sein Boot, mit dem er immer hinausfuhr, um Regenbogenforellen zu fangen, und ein Gebetbüchlein aus den dreißiger Jahren mit dem Titel *Der Tag des Herrn*. Auf der ersten Seite war eine Stelle, wo man Namen und Adresse eintragen konnte, was einem sozusagen das Besitzrecht an diesen Gebeten verlieh. Seither habe ich aufgehört zu beten, weil ich immer die Möglichkeit sah, daß die Gebete unterwegs verlorengehen und womöglich den falschen Adressaten erreichen.

Ich hätte es lieber gesehen, wenn du kein Journalist gewesen wärst. Viele Journalisten wollen einen Roman verfassen und fallen dabei vor den menschlichen Dramen auf die Knie. Zur Begründung deines Wunsches hast du angeführt, der knapp bemessene Platz für deine Artikel und das Erfordernis eines sachlichen Tonfalls hinderten dich, dein Bestes zu geben und das Zustandekommen deiner Ansichten ausführlich darzustellen. Ich konnte dazu nichts sagen, weil dein Traum vom Schreiben anscheinend auf dem Mißverständnis beruhte, Schreiben hätte etwas mit Autonomie und Meinungsfreiheit zu tun, die der Wahrheit zum Triumph verhilft; Schreiben befreit nicht, im Gegenteil, es entfremdet und legt einem die Schlinge um den Hals.

Im Nova hast du zu mir gesagt, als Journalist hättest du natürlich von mir gehört und mich sogar schon im Fernsehen gesehen, aber noch keine Zeile von mir gelesen. Du hast das so kalt gesagt, daß mich an deiner Statt die Gefühle übermannten, ich wurde rot und kicherte wie blöde hinter vorgehaltener Hand, als wollte ich die Jahre meiner Prostitution vergessen machen. Dann habe ich dir das Versprechen abgenommen, mein Buch auf keinen Fall zu lesen, was du für einen Scherz gehalten hast, weil du nicht wußtest, daß ich niemals scherze. Deine Kälte an diesem Abend hätte man dem Koks zuschreiben können, doch es war nur dein Franzosentum, das man dir von klein auf beigebracht hatte, es hieß, Distanz zu wahren und jeden Überschwang zu vermeiden, insbesondere wenn man jemandem gratulierte, es hieß, dem anderen gegenüber die Haltung von Eltern einzunehmen, die ihr Kind bei seinen ersten Schritten von oben herab ermuntern.

Die Erziehung durch deinen Vater erfolgte über deine Mutter, er sprach nie direkt mit dir, und wenn er dich ermahnte, dann in der dritten Person. Gefühle zeigte er ohnehin nur hinter seinem Teleskop, zum Beispiel wenn er auf einen Kometen wartete, dann erging es ihm wie einer Soldatenbraut, die der Heimkehr ihres Liebsten aus dem Krieg entgegenfiebert. Die Ankunft des Kometen war ungewiß, es war durchaus möglich, daß er nicht zur vorgesehenen Zeit vorbeikam, weil die dem Chaos entsteigenden Strömungen ihn mit sich fortgerissen hatten. Dein Vater fürchtete, daß die Ordnung des Universums sich rückläufig entwickeln könnte, deshalb beobachtete er den Himmel, in dem er seine geliebten Novae und Supernovae fand, die aus dem Zerfall des atomaren Zusammenhalts der Sterne entstehen, er nannte diesen Moment die »Eisenkatastrophe«. Der größte Wunsch seines Lebens war, einmal diesen Moment zu erleben, wenn die Sterne ihr Gas verströmten, in dem sich vielleicht die Seele befand, er wollte statt explodierter Sterne Sterne explodieren sehen. Er wollte die Gesetze der Physik dabei erwischen, wie sie an ihrer Aufgabe scheiterten, die Atome zusammenzuhalten, aus denen die Sterne bestanden, als wäre dies der Beweis für ein Versagen Gottes. Er war davon überzeugt, daß die Erde von einem Tag auf den anderen aufhören könnte, sich zu drehen, und Frankreich in ewiger Nacht entschliefe; eigentlich war er meinem Großvater ähnlich.

Er hatte mit dir schon das Problem der degenerierten Materie besprochen, in der sich die Elektronen von ihren Atomen lösten und irgendwo herumschwirrten, was er für einen Beweis dafür hielt, daß die große kosmische Uhr sich verstellte und das Universum seinem Zerfall entgegenging. Er hatte dir auch von der Möglichkeit erzählt, daß sich die schwarzen Löcher unkontrolliert vermehrten, Punkte der Finsternis, die in ihrer rasanten Rotation sogar Raum und Zeit mit sich rissen, bis sie am Ende das ganze Universum verschluckten. Noch ein mögliches Ende hatte er dir geschildert, und das war das schrecklichste von allen, weil es in einer für das menschliche Denken unerträglichen Einsamkeit und Traurigkeit stattfinden würde: der thermische Tod. Die Sterne entfernten sich nämlich in immer schnellerer Ausdehnung immer weiter voneinander, die Expansion dränge die schon zum gegenwärtigen Zeitpunkt unerreichbaren Grenzen noch weiter zurück. Durch die fehlende Nähe untereinander könnte eine progressive Erkaltung der Sterne eintreten, bis sie eines Tages völlig bewegungsunfähig wären. Ebenso könnte das Feuer des Universums ein für allemal erlöschen und das Universum zu Staub zerfallen.

Daß du mir im Nova von deinem Traum erzähltest, brachte dich ihm ein wenig näher. Du hattest gute Gründe für deine Absicht, mich zu lieben: Mit mir war die Liebe keine vollendete Tatsache, sondern ein Projekt. Seit diesem Abend konnte ich mich nicht mehr von dir trennen, ich hatte mich in deinem Gedächtnis gesehen, ich hatte als Person schon einen Platz in deinem Denken und glaubte zum ersten Mal seit Ewigkeiten an mich.

Du hattest die Absicht, mich wahrhaft zu lieben, wie man so sagt, um die große Liebe von der Liebe großer Brüder zu unterscheiden, du wolltest der Mann meines Lebens werden, nur nicht gleich; nach der Prüfung meiner gesellschaftlichen Anerkennung mußte ich noch das Fick-Examen bestehen, die Möse einer zweitausendfach gefickten Frau könnte zu ausgedehnt sein, um einem das Gefühl zu geben, daß er richtig steht. Wenn ich an all die Männer denke, denen ich für Geld einen geblasen habe, wenn ich bedenke, wieviele Männer sich vor meinen Internet-Fotos einen runterholten, wenn ich, was das Schlimmste ist, bedenke, wieviel ich zur Verführung der behexten Massen beigetragen habe, die glauben, daß die Frauen sie brauchen, wenn ich an deinen Pornoroman denke und an die vielen hundert Stunden, die du mit der linken Hand gewichst hast, um im Mund des Girls Nextdoor zu kommen, zu seinem kindlichen Seufzer, und wenn ich bedenke, daß wir das alles schon an diesem Abend voneinander wußten und uns trotzdem ineinander verliebten, dann, muß ich sagen, finde ich die Liebe geschmacklos.

Von Anfang an war zwischen uns alles klar. Unser Gespräch hatte den Ton vorgegeben, in dem es nachher im Bett weiterging.

Du hast mich im Bett oft gefesselt und mich ohne Vorbereitung genommen, damit es so aussah, als ob ich mich wehrte, manchmal hast du mich mit beherrschter Kraft geschlagen, und ich bin vor Lust explodiert. Später habe ich selbst dich darum gebeten, was dir die Lust daran verdarb. Dann hast du mich in den Arsch gefickt. Die Lust daran, geschlagen zu werden, hatte im Grunde wenig mit den Empfindungen zu tun, es war mehr eine Lust an der Taubheit, am fehlenden Kontakt, es war wie ein Schutzschild, der mich vor deiner Stärke bewahrte; im Bett wie im Leben hast du mich unter Schock gesetzt. Anfangs hast du mich auch für meine Gefügigkeit geliebt, dann wurdest du meiner überdrüssig, auch wegen meiner Gefügigkeit.

Sechs Monate nach dem Nova hast du mich nur noch aus Müdigkeit gefickt, es hätte mehr Zeit gekostet, mir zu sagen, daß du mit dem Herzen nicht mehr dabei bist und Schluß machen mußt, ich hätte nichts davon hören wollen und Erklärungen von dir gefordert,

Ficken war für dich auch eine Methode, das Ganze abzukürzen und dich nicht unnötig zu verbreiten, du bliebst auf mir, um mir zu entgehen. Sechs Monate später konntest du mich nur noch mit Mühe ficken, mit der Anstrengung eines Boxers, dessen Gegner das K. o. noch hinauszögern will.

Du hast mich gefickt, um Schluß mit dem zu machen, was da in deinem Bett schlief, du hast dich geärgert, daß du mein Gewicht herumschubsen mußtest, um endlich zum Höhepunkt zu kommen, und wenn es passierte, wenn die Reibung schließlich siegte über deinen zwischen meiner Gegenwart und dem Gedächtnis entrungenen Pornobildern hin- und hergerissenen Geist, durchfurchte ein Schmerz deine Stirn, der dir die Augen schloß, so sehr mußtest du dich darauf konzentrieren. Wer einmal Hure war, kennt alle Zeichen, auch die unterdrückten, das Gesicht der Männer spricht ständig zu uns, ohne daß sie es merken, wir wissen, daß man in den schlimmsten Momenten lächeln kann, wir wissen auch, daß man in guten Momenten so tun kann, als wäre nichts gewesen; bei Huren muß der Anschein stets umgekehrt gedeutet werden.

Deine Stärke hat mich erdrückt, ich wollte ihr immer einen Namen geben, genau betrachtet, hat sie sich ein bißchen wie mein Mangel entwickelt, sie war in deinem Räuspern zu hören, das Martine morgens immer aus dem Schlaf riß, in deinen Schritten im Flur, über die Köpfe der Nachbarn hinweg, in deiner Art, meine Liebe zu dir zu behaupten – du sagtest: Ich liebe dich, und hast die Antwort gar nicht abgewartet –, in deiner Art, den Freunden im Bily Kun das Wort abzuschneiden, weil dir plötzlich einfiel, was du schon immer sagen wolltest, in deiner Art, nicht einzugreifen, wenn einer in einer Bar ein Auge auf mich warf; du hättest mir auch das Recht zugestanden, mich verführen zu lassen. Deine Stärke bestand darin, nicht zu reagieren, dich im Hintergrund zu halten, mit der Antwort zu zögern und dann zu anderen Dingen überzugehen, du konntest dich auch von einer Lektüre fesseln lassen, wenn ich im Nebenzimmer weinte. Du hast zwanzig Versionen deines Romans geschrieben und jedesmal ein bißchen mehr daran geglaubt, du konntest mich zum Lachen bringen und dich meiner Sabotage widersetzen, du warst dir so sicher, daß es mit uns funktionieren könnte und daß das mit meinem Wahnsinn in aller Ruhe zu regeln wäre; auch das war deine Stärke.

Es war deine Stärke, dein Leben toben zu lassen und dich nicht um die anderen zu kümmern, die schwer zu tragen hatten an ihrem Leben. Deine Ex-Freundin Annie nannte das einmal unbekümmert, einmal sorglos, das weiß ich, weil ich ungefähr zwanzigmal den Brief gelesen habe, den sie dir am Tag nach dem Nova geschrieben hatte, wo wir einander kennenlernten, du hast ihn mit einer Reißzwecke an die Korktafel hinter deinem Computer geheftet. Ich weiß es, weil ich ihren Brief jedesmal gelesen habe, wenn ich allein in deinem Zimmer war und nicht an die denken wollte, mit denen du vielleicht im Moment zusammenwarst. Immer wenn ich ihn las, las ich mich. Dabei stand kaum etwas drin, nur ein paar Zeilen über die Demütigung, die du ihr zugefügt hast, ohne es zu wollen, zufällig, ungezielt und ohne es zu bemerken, was das Ganze nur noch schlimmer machte, weil Annie allein damit leben mußte. Heute weiß ich, daß sie in einem letzten Anfall von Großmut schweigend über die Geschehnisse im Nova hinweggehen wollte, was wir genauso machten, als wir im frühen Morgengrauen Arm in Arm zu mir nach Hause gingen. In Annies Brief ging es nicht nur um die nackte Demütigung, sondern auch um deine furchtbare Freundlichkeit, deren Grund ihr niemals klargeworden war, deine brutale Freundlichkeit, die sie durch ihre Unangemessenheit verwirrte, und den genauso brutalen Umschlag zu der Entschiedenheit, mit der du sie einfach nach Hause geschickt hast. Annie schrieb dir so, wie ich dir heute schreibe.

Mein Großvater sagte, die Maßlosigkeit der Liebe sei der Grund dafür, daß die Menschen Gott verraten und ihn für alles verantwortlich machen, daß sie ihn um Verzeihung bitten, um ihn gleich darauf anzuklagen, daß er die höchste Verehrung und ebenso die schlimmsten Schmähungen erduldet.

Du hast sehr viel geredet, morgens beim Aufwachen war deine Stimme dunkel, abends war sie heller. Du hast auch die ganze Nacht im Traum geredet und manchmal Wörter erfunden, »matrione« zum Beispiel oder »fuêter«, und einmal hörte ich dich sagen: »Die *galosse* ist aus der Übung«, und hatte dabei das Gefühl, daß du von mir sprachst.

Frauen waren dein Lieblingsthema, du hast ihr Geheimnis gewahrt, indem du versuchtest, sie zu verstehen.

Du hast über meine Freundin Josée gespottet, weil sie über reseaucontact.com, eine Kontaktbörse im Internet, einen Freund suchte; anscheinend haben sich hunderttausende Mitglieder so gefunden. Josée hatte die Nummer 1115053 und nannte sich Papillon173; auf ihrem Steckbrief befand sich ein Foto, wo sie von unten in die Kamera schaute und sich mit der Hand durch die Haare fuhr. Darunter stand, daß sie einen Meter siebenundsiebzig groß war, daß sie blaue Augen hatte, einen ordentlichen Brustumfang von 75 C und lange Beine; daß sie von Sex nie genug kriegen konnte und an der Uni von Montreal Wirtschaftswissenschaft unterrichtete, daß sie Kino liebte und guten Wein, Reisen und Draußensein. Im Gegenzug für ihre Jugend und Schönheit verlangte sie von den Männern, daß sie ihren Hund Rocky ertrugen, der ihr überallhin folgte. An einem Tag erhielt sie manchmal mehr als hundert Mails, die sie gar nicht alle beantworten konnte, wenn sie ihre Studenten nicht vernachlässigen wollte.

Abends, wenn wir uns langweilten, gingen wir manchmal auf reseaucontact.com, Steckbriefe lesen. Wir stellten fest, daß die Partnersuche den gleichen Mustern folgte wie die Auswahl einer Hure. Entschlossenheit gehörte zu den besonders gesuchten Merkmalen; Hauptsache, der andere wußte, was er wollte, wie im Business. Leute, die mit ihrer Vergangenheit nicht abgeschlossen hatten oder neurotisch waren, kamen überhaupt nicht in Frage. Meistens wurde auch von Rauchern Abstinenz verlangt, man wollte nicht nur geistig gesunde, sondern auch körperlich fitte Partner; ich habe mich oft gefragt, wer da eigentlich noch übrigblieb.

Manche trafen sich erst in einem Café, gingen dann in eine Bar und fickten schon am selben Abend, um zum Ende zu kommen, vergebliche Anstrengungen sind solchen Menschen ein Dorn im Auge. Man hatte aber auch das Recht, gleich beim ersten Treffen nein zu sagen, wenn der, dessen digitales Foto man schon tausendmal unter die Lupe genommen hatte, in Wirklichkeit nicht den Erwartungen entsprach, dann konnte man gleich aufstehen und gehen. Unter Huren nennt man das durchfallen lassen. Wenn eine Hure durchfällt, ist das immer ein Drama, auch Huren haben ihren Stolz, und Geld ändert nichts daran; für Huren sind Seiten wie reseaucontact.com Orte kostenloser Rache.

Man hatte auch das Recht zu zögern, es sich zu überlegen, sich Zeit zu nehmen, um das Für und Wider abzuwägen, bevor man eine Entscheidung traf; in unserer Zeit gehört die Bewertung, die man dem anderen aufdrückt, zur Verführung dazu. Einmal mußte ein Freier mich für nichts bezahlen, weil er zu lange gezögert hatte, und als er sich endlich zum Bleiben entschloß, war seine Stunde um. Als er weg war, dachte ich, vielleicht war ja genau das sein Vergnügen, mich warten zu lassen, ob er mich nahm oder durchfallen ließ.

Josée ist nie auf den Strich gegangen und glaubt deshalb an die Wahrscheinlichkeit. Im Grunde hat sie damit auch recht, der Glaube an die Wahrscheinlichkeit kann für alle, die ihren Weg ohne Gottes Hilfe finden möchten, ein Wegweiser sein. Josée jedenfalls fand beim vierzigsten Treffen ihr Glück, dabei hatte sie sich von vornherein auf hundert Dates beschränkt.

Eines Tages hast du mir gestanden, daß du früher einen eigenen Steckbrief auf reseaucontact.com hattest, aber im Gegensatz zu Josée nur zum Spaß, aus reinem Zynismus und weil du vielleicht einmal recherchieren wolltest für ein Dossier über die sexuellen Gewohnheiten von Männern und Frauen im Net.

Du hast ständig von Frauen gesprochen, Freitagabend im Bily Kun zum Beispiel mit deinen Freunden JP und dem, den wir Mister Dad nannten, weil er fünfzehn Jahre älter war als wir und aus New York kam.

Alle um uns herum haben geschrieben und wollten veröffentlicht werden; es gibt nur so viele Bücher auf dem Markt, weil Schreiben eine Seuche ist. Mister Dad zum Beispiel wollte etwas schreiben, das ganz anders war als mein Buch, sein Buch sollte eine Geschichte enthalten mit Anfang und Ende und einer spannenden Handlung voller Verwicklungen dazwischen, ein Buch für Männer eben. Mit Mister Dad sprachen wir immer englisch, nicht aus Anpassung, sondern aus Ungeduld, sein Französisch zog sich immer zu sehr in die Länge, und dieses Tempo paßte nicht in unsere Kokszeit, in der die Sätze Hals über Kopf aus uns herausstürzten, es war eher eine Art Mitgefühl für uns selbst, daß wir seine Sprache sprachen. Ich wurde jedoch langweilig, wenn ich englisch sprach, ich wurde zu einer richtigen Tusse, weil ich mich auf englisch nur über Markennamen, Florida, *Sex and the City* und amerikanische Stars unterhalten konnte. Die großen, existentiellen Fragen blieben unerreichbar, meist konnten sie die Drei-Wort-Barriere nicht überwinden und blieben als reine Ideen in der Luft hängen, und ich versuchte das Fehlen der Wörter mit großen Gesten zu kompensieren. Wenn ich mit Mister Dad sprach, blieb ich immer auf halber Strecke stehen und ließ ihn meinen Gedanken in seiner Sprache beenden. Ich verlangte von ihm, daß er seine Sprache sprach, denn wenn er versuchte, mit mir französisch zu sprechen, machten wir uns beide lächerlich mit unserem Gehampel mit Händen und Füßen; zum Schluß sagte ich meistens you know, er sagte I know, und so verstanden wir uns trotzdem.

Eine Zeitlang hat Mister Dad versucht, an mir das zu finden, was dir an mir gefiel, er hielt mich für oberflächlich, das hast du mir selbst einmal gesagt. Eines Abends im Bily Kun ist etwas Überraschendes geschehen, das ich mir nie recht erklären konnte: Mister Dad und ich küßten uns vor dir auf den Mund, und du hast nichts gesehen. Während ich ihn küßte, habe ich dich nicht aus den Augen gelassen, du hast ins Leere geschaut und mit JP geredet. Wir haben das noch mehrmals wiederholt, wir haben uns an diesem Abend mindestens zehnmal geküsst, du warst ganz nah, aber in

Gedanken woanders. Im Bily Kun kannten uns alle, alle haben dich respektiert, alle schauten uns zu und dann dich an. An diesem Abend gab es lange Schweigemomente im Bily Kun, die im Technolärm untergingen, man verständigte sich mit den Augen und rührte sich nicht; man wartete auf die Befehle des Königs, man zog Schlüsse, wir hatten uns wohl getrennt. JP, der gar nichts mehr verstand, ging, ohne uns auf Wiedersehen zu sagen. Am nächsten Tag rief er dich an und machte eine Riesengeschichte daraus, dazu muß man sagen, daß JP Skrupel hatte, Frauen zu ficken, in die er nicht verliebt war, das machte ihn dem Exhibitionismus der anderen gegenüber aggressiv, manchmal verschwand er plötzlich, weil Frauen sich wie Schlampen aufführten, das ließ ihn zu Eis erstarren. Du hast mein Verhalten, als du davon wußtest, dem Koks zugeschrieben.

Später habe ich erfahren, daß Mister Dad mich küßte, weil er das schon immer wollte und weil er das Ende zwischen uns nahen fühlte; er hielt mich zwar für dumm, wollte aber seine Chance nicht vertun, er fand mich sexy mit meinen kalifornischen Rundungen.

*

Ich hatte dir von den Fotos erzählt, die vor acht Jahren im Internet kursierten und zu den ersten Pornofotos in der Geschichte des Internets gehörten, eigentlich um dich zu bestrafen, doch dir hat diese Neuigkeit gefallen. Die Fotos ließen dir keine Ruhe, du wolltest sie sehen, weil du wissen wolltest, ob die Tatsache, daß du mich kanntest, dein Vergnügen schmälern würde, vielleicht war das Wichsen vor den Fotos einer Frau, mit der man in der Entzauberung des Alltags verkehrte, so etwas wie ein Inzest. Vielleicht würde dir diese Erfahrung aber auch eine neue Dimension erschließen, und die Leere nach deiner Entladung wäre weniger groß, weil du dich von dem Bild einer Frau, der du wirklich etwas bedeutest, nicht so betrogen fühltest. Von den Huren fühlen sich alle Kunden im nachhinein betrogen, und viele würden gern ihr Geld zurückverlangen.

Auf den Fotos war ich ganz jung, kaum älter als zwanzig, und auch das ließ dir keine Ruhe. Vielleicht war ich eine andere Frau geworden, vielleicht sah ich mir gar nicht mehr ähnlich, in acht Jahren verändern sich Frauen enorm, vor allem in den Zwanzigern. Frauen mit zwanzig, sagtest du, müßten den Arschtest bestehen, weil der Hintern in dem Alter manchmal ins Monströse wachse, Frauen mit dreißig dagegen den Hauttest, weil die Haut ihre Textur verändern und zum Alter hin ausfransen könne, was man nie wieder hinbekäme. Mit dreißig Jahren werde die Haut zu groß, sie wachse einfach ohne den Körper weiter und löse sich von ihm ab. Mein Hintern sei trotz meiner neunundzwanzig Jahre jung geblieben, hast du gesagt, nur meine Haut habe begonnen, sich zu verändern, nicht sehr, aber ein bißchen, zum Beispiel auf meinem Bauch, wo sie sich manchmal grundlos sammle wie bei deiner Katze Oréo. Die Haut bereitet sich bei Katzen wie bei

Frauen auf die Tritte der Babys vor, die um ihren Lebensraum kämpfen.

In den ersten Wochen unserer Beziehung hast du auf der vergeblichen Suche nach diesen Fotos stundenlang Archive durchforstet und versucht, Paßwörter zu knacken, indem du blind welche eingabst; daß du mit solcher Hartnäckigkeit nach meinen Fotos gesucht hast, war vielleicht deine Art, mir den Hof zu machen. Du warst auch im Archiv der Barely-Legal-Seiten, für die nur Frauen unter zwanzig rekrutiert werden, die macht man dann zu kleinen Mädchen und fotografiert sie, von Stofftieren umgeben, auf einem Einzelbett. *Barely Legal* ist ein legaler Umweg zur Lolita, was du bereits wußtest, du warst bei deinen Recherchen öfter dort gelandet, du mußtest ja das Terrain sondieren, um konkrete Anhaltspunkte für deinen Roman zu finden und dich zu inspirieren. Für dich waren die zarten Knospen der Jugend genauso ein Fetisch wie Stiefel, doch Stiefel waren dir lieber. Sie waren deiner Meinung nach ein passender Ausdruck für die Vorstellung von Dringlichkeit in einer Gasse, wenn man keine Zeit hat, miteinander ins Bett zu gehen, und für die Autorität von Karrierefrauen; du wolltest richtige Frauen lieben, hast du gesagt, keine Mädchen, deine Mutter zum Beispiel war Missionarin, sie engagierte sich ehrenamtlich bei der sozialen Wiedereingliederung problematischer Jugendlicher, sie hatte ein dickes Fell. Darauf sagte ich, je älter du würdest, desto jugendlicher würde auch dein Geschmack. Ich wüßte gern, ob du dich mit fünfzig noch an mich erinnerst.

Daß du die Fotos nicht finden konntest, hat dich sehr betrübt. Um dich zu trösten, werde ich dir von dem Shooting erzählen, einem kleinen Rest aus meiner Vergangenheit, den du noch nicht kennst.

Für das Shooting wurden mir weiße Bänder in die Haare geflochten. Ich sollte ein kurzes, blau-weiß kariertes Kleidchen tragen, das sie Strandkleid nannten, aber das Ganze drohte am Umfang meiner Brüste zu scheitern. So mußte der Akzent auf meine zarten Beine mit den winzigen Füßchen gelegt werden, die so klein waren, daß sie alle Männer faszinierten, die ich kannte. Zu den Brüsten sagte ich aus Spaß, ein Lätzchen könnte sie doch zumindest teilweise verdecken; sie fanden die Idee gut, ehrlich gesagt, hätten sie nie dran gedacht, aber sie würden jetzt sicher eines besorgen für die nächste Problembrust. »Sie« waren drei Männer, von denen der erste fotografierte wie ein richtiger Fotograf, der zweite machte Polaroids für die richtige Beleuchtung, und der dritte war für Komposition und Thematik zuständig; er war mindestens eins neunzig groß, genau wie du, er hatte den Überblick, er war der Regisseur.

Durch das Lätzchen kamen sie auf die Erdbeermarmelade. Ich sollte also während des Shootings die Marmelade mit den Fingern aus dem Glas essen und außerdem mit einem Teddy spielen, einem Geburtstagsgeschenk meines Vaters übrigens, den ich aus dem hintersten Winkel der Garderobe ausgebuddelt hatte und der, wie mir jetzt einfällt, ziemlich müffelte. Das Licht sollte natürlich wirken und der Schlichtheit von Kindern entsprechen, die im allgemeinen keine Ahnung haben von Farbpaletten und ihrer Schokoladenseite; es sollte aussehen wie an einem sonnigen Nachmittag, wenn unbeaufsichtigte kleine Mädchen in ihrem Zimmer Siesta halten, allein mit ihren Puppen. Die Atmosphäre sollte an einen Spielplatz abseits ausgetretener Wege erinnern, weil die Internauten beim Betreten der Kinderwelt vor Überraschungen sicher sein wollten.

Mir wurde sehr genau erklärt, was die Fotos suggerieren sollten. Ich dürfe keinesfalls den Eindruck erwekken, daß ich mich mit Sex auskenne, ich solle aber so aussehen, als ob ich wahnsinnig Lust darauf hätte. Ich müsse mich innerhalb des begrenzten Wissens kleiner Mädchen über die Sache bewegen, schüchterne Seitenblicke werfen und an meinem Zopf lutschen, nicht weil ich nach einem Schwanz begehrte, sondern nur um zu erkunden, wie Haare schmecken. Es gehe darum, die ganze Naivität der ersten Welterfahrung mit allen Sinnen wiederzuentdecken, und für die Entdeckerlust der Internauten sollte ich mich auch ausziehen. Dabei ging es um zweierlei: erstens meinen Körper zu entblößen, um ihnen das Aua zu zeigen, das sie kneten sollten, zweitens, daß sie mir darüber etwas beibringen wollten. In einigen teureren Fällen ging es um den Vergleich des Auas mit dem eines anderen kleinen Mädchens, das den Doktor spielen mußte. Weiß doch jeder, daß kleine Mädchen miteinander Doktor spielen während der Siesta und manchmal vor Aufregung Lulu machen, nur die Neidhammel haben immer etwas zu meckern. Weiß doch jeder, daß sie ein Geschlecht haben, an dem man sanft arbeiten muß und das im Gegenzug nichts dafür verlangt. Weiß doch jeder, daß in diesem Alter mehr als in jedem anderen die Lust keine Scham kennt und nur darauf wartet, Form anzunehmen.

Ich mußte die ganze Zeit so tun, als würde ich gleich loskichern, und mir die Hand vor den Mund halten. Die routiniert einstudierte Geste oder der wissende Schmollmund waren hier nicht gefragt, im Gegenteil, ich sollte Lust auf eine Sache haben, die ich noch nicht ganz begriff, aber zu der es mich drängte, weil sie neu war und für die Initiation bestimmt. Das Wichtigste war die Unschuld in allem, davon hing die Treue der Internauten ab. Sagen wir, die obersten Bosse von *Barely Legal* hatten das alles genau getestet; dort hatte man jahrelange Erfahrungen mit kleinen Mädchen und wußte, daß die Kindheit vor allem eine Zeit für Erwachsene war.

Die Fotos wurden bei mir zu Hause gemacht. Ein Studio mit fester Adresse in der Innenstadt hätte für *Barely Legal* gefährlich werden können, zu den Mädchen nach Hause zu kommen war eine Möglichkeit, den Tatort zu verschleiern. Ich wurde gebeten, die Überreste meiner Kindheit aus den Schränken zu holen und das Passende auszuwählen: vorzugsweise Laken aus weißer Baumwolle, rosa und blaue Kleidungsstücke, wenn möglich weiße Socken und flache Schuhe, Teddys, Puppen, Rollschuhe, ein Springseil, mit dem man mir die Hände am Bettpfosten festbinden könnte, Schlumpf-Comics oder vielleicht auch einen

Wasserball. Alle Gebrauchs- oder Dekogegenstände, die eine größere geistige Reife voraussetzten, wie das Telefon, die abstrakten Bilder an den Wänden, Pflanzen, Bücher, Parfum und Schmuck, die antike Eichenkommode und der große Drehspiegel mußten aus dem Rahmen, den die Kamera erfassen konnte, verschwinden.

Die meisten Fotos wurden in meinem Schlafzimmer gemacht, die anderen Räume waren unbrauchbar, zuviel Stein und Holz, zu viele Töpfe und Elektrogeräte; das wäre zu hart gewesen für die Internauten, das hatte mit Verantwortung zu tun. Sie fanden mich schüchtern, aber es war nicht die richtige Schüchternheit, es gab die niedliche Schüchternheit kleiner Mädchen, die der Welt nichts Böses zutrauen, und die Schüchternheit komplexbeladener Frauen, der die Anmut fehlte, mir fehlte die wahre Jugend, die noch nicht vom Leben gezeichnet ist. Ich lächelte ihnen zu wenig, und wenn ich lächelte, war mir zum Weinen, nicht weil ich traurig war, sondern weil mir das aufgesetzte Lächeln, dem das restliche Gesicht nicht folgte, unangenehm war, und weil ich zu lange auf den Blitz des Fotoapparats warten mußte, hinter dem der Fotograf darauf wartete, daß ich korrekt lächelte. Er hatte Geduld mit mir, auch wenn es vielleicht nicht so aussehe, sagte er, er verstehe Frauen meines Alters.

Dann gingen wir ins Badezimmer, wo ich mich mit einer rosa Seife einseifen musste, die aus der Grundausstattung von *Barely Legal* stammte. Die Seife sei der Türöffner zum Körper des anderen, sie gebe der Szene die Glaubwürdigkeit, sagten sie, allein die Seife mache schon geil. Ich fragte mich, ob den Internauten eigentlich auffiel, daß alle Mädchen bei *Barely Legal* sich mit der gleichen rosa Seife einseiften, und ob das ihrem Ständer abträglich war. Sie hatten auch eine Plastikente mitgebracht, die ich zwischen meinen Beinen schwimmen lassen sollte. Die Ente war wirklich nicht zu übersehen, und mit der Ente sah man auch die rosa Seife, Ente und Seife setzten einander gegenseitig ins Licht. Meine zu großen Brüste versanken im Schaum; Bauch und Bauchnabel mußten allerdings sichtbar bleiben. Weiß doch jeder, daß man kleine Mädchen kitzelt, um sie anzumachen, und wenn sie vor Lachen fast ersticken, kann man sich ernsteren Dingen zuwenden.

Im Badezimmer wurde ich neu gekämmt, ich sollte keck aussehen mit den zwei Rattenschwänzchen auf dem Kopf, aber das harte Scheinwerferlicht enthüllte mein wahres Alter. Ich sollte mich im Wasser auf den Bauch drehen und den Hintern heben wie vorher die Zöpfe lutschen, also ohne eine Absicht in diese Pose zu legen. An diesem Tag lernte ich, daß die Schönheit in diesem Alter aus dem Mangel an Berechnung rührt. Für die Fotos blieben also nur der Rücken, der Schwung meiner Hüften und der schaumbedeckte Hintern, aber solche Fotos gab es viele, denn das Bad gehört unbestritten zu den Klassikern unter den Vorwänden, kleine Mädchen anzufassen. Und wie jeder weiß, garantieren die Klassiker allgemeine Zufriedenheit, jeder weiß auch, daß Rückeneinseifen in der Hoffnung, im Gegenzug den Schwanz eingeseift zu kriegen, zu den Urszenen der Pädophilen gehört.

Dann sind wir auf den Balkon gegangen, wo ich mich nackt ausgezogen habe und mit Rollschuhen vor dem Hintergrund der Rue Sherbrooke posierte, von der ein Hupkonzert zu uns heraufdrang. Unter der Julisonne war meine Haut strahlend weiß, das war für sie perfekt, weiße Haut ist so wie gerade erst dem Mutterleib entschlüpft.

In ihrer Professionalität haben die drei Männer von *Barely Legal* nicht versucht, mich zu ficken, sie dachten nur an die Fotos, die sie im Kasten haben mußten, sie funktionierten wie Gynäkologen angesichts der Muschis ihrer Patientinnen. Bevor sie gingen, haben sie mich bezahlt, und ich hatte in meinem ganzen Leben nie soviel Geld für so wenig bekommen, es war das erste Mal, daß ich mich verkaufte. Ein Jahr später ging ich auf den Strich.

Ich habe die Fotos nur ein einziges Mal gesehen, und zwar als sie aufgenommen wurden: Polaroids in Farben ohne Abstufungen, auf denen ich wie eine Comicfigur aussah. Obwohl ich neugierig war, bin ich nie auf der Barely-Legal-Seite gewesen, um mir die ausgewählten Fotos anzuschauen, aus Angst, dort Dinge zu sehen, die eigentlich im Verborgenen bleiben sollten, einen Frosch im Hals zum Beispiel, oder, da meine Zöpfe mit vielen Schichten Haarspray geglättet werden mußten, Schuppen.

Jahre später wollte ich auch die Fernsehsendungen

nicht sehen, in denen ich aufgetreten bin, es gibt nichts Schlimmeres, als keine Kontrolle über sein eigenes Bild zu haben, man sieht bestimmte Bewegungen oder Rötungen im Gesicht, die die Wirkung der Worte konterkarieren, hört holprige Sätze, die zuviel sagen oder das Gegenteil dessen, was sie meinen. Ich habe dabei so ein Katastrophengefühl, wie wenn man sein Kind vor ein Auto laufen sieht und anschließend nur noch an die Sekunden davor denken kann, als der Ball auf die Straße gerollt ist und man hätte eingreifen sollen.

Wenn ich diese Fotos heute sehen würde, müßte ich an Jasmine denken, Jasmine mit der braunen Perücke, die dadurch nicht älter aussah. Ich frage mich, ob Jasmine auch für *Barely Legal* posiert hat und dafür auch jünger gemacht werden sollte, wer weiß, für wieviele hundert Seiten sie im Lauf der Zeit posiert hat und was alles dafür verändert werden mußte mit ausgestopften Büstenhaltern oder halb verdeckten Pobacken: In der Welt der Pornographie bedeutet nicht allen zu gefallen, niemandem zu gefallen, nicht richtig jedenfalls.

Es ist ein Fehler, daß man heutzutage nicht mehr an Tabus glaubt, jeden Tag sterben Menschen daran, daß sie sie nicht kennen, oder werden darüber wahnsinnig; eines Tages wird man Männern gestatten, ihre Töchter zu heiraten, weil die Liebe ja blind ist, und an diesem Tag wird die Erde explodieren.

Ich habe einmal zu dir gesagt, daß das, womit Frauen Männer anziehen, sehr wenig sein kann, ein Fetzen Satin zum Beispiel, aber auch ganz viel, man kann auch den Mond für sich reklamieren und die Natur verhöhnen, indem man ihre Grenzen nicht anerkennt. Im Internet ist das gut zu sehen, manche Frauen verdienen ihren Unterhalt damit, daß sie sich die Brüste vergrößern lassen, bis sie im Rollstuhl sitzen, aber auch in Afrika gibt es Frauen, die ihren Hals so lange mit Goldringen strecken, bis sie ihren Männern gerade in die Augen schauen können. Ich habe zu dir gesagt, Frauen suchen immer nach einem Ausgang aus ihrem Körper und betonen dessen Extremitäten, bei Männern ist das viel einfacher, sie haben die Entladung.

*

Zu den Ereignissen, die unsere Beziehung kippen ließen, zählte auch ein Traum. Nach diesem Traum habe ich angefangen, Schlaftabletten zu nehmen, und die haben glücklicherweise auch meine Träume eingeschläfert. Ich wollte das, was ich in dieser Nacht erlebt hatte, auf keinen Fall noch einmal erleben, ich wollte nachts Frieden haben, ich wollte nichts mehr wissen. Mein Serax versetzte mich in eine schwarze Hypnose, die meine Gedanken in einen Abgrund hinunterzog, unter dem nur noch der Tod war. Meinem Serax verdanke ich die letzten glücklichen Momente, es gab mir eine Ruhe, aus der du ausgeschlossen warst.

In dieser Nacht schlief ich in deinem Bett, du hast noch geschrieben, im Einschlafen hörte ich die Tasten klappern, es klang so, wie wenn meine Mutter Knoblauch hackte. Ich träumte, daß du dein Zimmer verläßt, um im Parc Lafontaine spazierenzugehen. Ich stand auf und ging an deinen Computer, um während deiner Abwesenheit deine Pornobilder zu betrachten. Es mußte ihnen doch anzusehen sein, daß du sie Tag für Tag dazu benutzt hast, um dein Gemächt auf die Münder zu richten, sie mußten doch Gebrauchsspuren zeigen und sogar ziemlich schmutzig sein. Meine Eingebung hatte mich nicht getrogen, die meisten Fotos hatten Eselsohren, einige mehr als andere. Plötzlich wurde mir klar, daß die Fotos mit den Eselsohren Frauen zeigten, die du wirklich berührt hast und die davon gezeichnet waren. Die Fotos sagten alles, was es zu wissen gab, wie das Tarot meiner Tante, man mußte nur ihren unsichtbaren Teil aufsteigen lassen und sie in der richtigen Reihenfolge deuten; sie hatten eine direkte Verbindung mit dem Betrachter.

Anfangs dachte ich, ich sehe sie mir in allen Einzelheiten an, als eine Art Therapie durch Gewöhnung. Das ist eine bekannte Methode bei Leuten, die an Phobien leiden, man begibt sich in Gefahr, um sich von der Angst zu heilen; manche nehmen sogar Spinnen in die Hand und lassen sie ungehindert den Arm bis zum Hals hinaufkrabbeln. Meistens funktioniert es nicht und wird nur noch schlimmer. Bei mir hat es auch nicht funktioniert, also wollte ich die Fotos vernichten, doch dein Computer hat sich sofort dagegen gewehrt, er hatte einen Überlebensinstinkt. In seinem Inneren gab es ein Programm, das ihn gegen böse Absichten von Anwendern wappnete, indem es die Tasten desensibilisierte. Ich hackte in die Tasten, aber ohne Ergebnis, dein Computer hatte die Kontrolle übernommen. Ein anderes Programm nahm die alltäglichen Verrichtungen vorweg, es erlaubte dir morgens, die neuesten Meldungen zu überfliegen, während du die Hände frei hattest, um gleichzeitig Kaffee zu trinken und eine Zigarette zu rauchen, abends konntest du beidhändig wichsen.

Auf dem Bildschirm erschien eine Adressenliste von Pornoseiten, die Frauennamen trugen. Alle möglichen Namen mit N und I tauchten da auf, Dutzende und Aberdutzende quasi identischer Namen, an denen englische Wörter hingen, BlackBoots zum Beispiel, FuckmeToes, WildTeens und LittleYoungSluts. Mein Name stand nicht in der Liste, und ich wußte auch, warum: Das System, das jeden Schwindel durchschaute, hatte meinen wahren Namen entdeckt, und der war nicht Nelly. Mein wahrer Name war blockiert, weil er nicht deinen Filterkriterien entsprach, seine Phonetik verstopfte die Leitungen, weil deine Liebe sich nur an etwas festsetzen konnte, was nach Nannie klang. Hättest du mich an dem Abend im Nova unter meinem wahren Namen kennengelernt, hätten wir uns nie wiedergesehen.

Dein Computer ging die Adressen mit großer Geschwindigkeit durch, der kleine weiße Cursor erschrak, durchsuchte alle Ecken des Bildschirms, wo sich Fenster mit nackten Frauen öffneten, aufgespießt von riesigen Schwänzen, mit vollem Mund und den Körper der Lust entgegengereckt; es waren ausnahmslos Brünette. Sie grimassierten lüstern, kamen pfeilschnell zum Orgasmus und verschwanden sofort wieder. Fotos und Adressen erschienen wild durcheinander auf dem Bildschirm, manche Adressen standen auf dem Kopf oder vertikal, einige zersetzten sich auf merkwürdige Weise, Buchstaben fielen nach unten wie in einem Tetris-Spiel, das bedeutete, daß sie zu einem illegalen Inhalt führten und die Spuren verwischt werden mußten.

Noch etwas fiel mir auf: Alle Adressen und Fotos hatten etwas gemeinsam, und zwar einen Baum. Hinter diesem Baum waren alle Antworten zu finden, von der Stelle aus, wo ich saß, konnte man sie sehen. Wenn man die Zahlen und Buchstaben entzifferte, kam man immer wieder auf Ahorn, Ahorn war der Schlüssel. Auf einmal begriff ich, daß alle Adressen sich im Hintergrund zum Parc Lafontaine öffneten, drehte mich zu dem Fenster um, das auf den Park ging, und sah dich im strahlenden Sonnenlicht mit dem Laptop unterm Arm herumhüpfen. Du hattest bei deinem Spaziergang im Park Lust bekommen zu schreiben, du hattest etwas zu sagen, weil du etwas erlebt hattest, und warst auf dem Weg ins Café So, um alles ans Tageslicht zu zerren.

In diesem Moment bin ich aufgewacht und habe dich vor deinem Computer sitzen gesehen, den Schwanz in der linken Hand. In deinem Gesicht las ich etwas, das ich nie zuvor gesehen hatte: Faszination. Du hast gezittert, du warst kurz vor dem Höhepunkt. Ich habe dich angeschrien, als du dich entladen hast, dann mußte ich weinen, du hast dich entschuldigt, du hast dich vor dir selbst geschämt. Ich habe viel geweint in dieser Nacht, du hast dich an mich gedrückt und mich in die Arme genommen, um mir zu zeigen, daß ich dich nicht verloren hatte, oder besser, daß ich dich gerade wiedergefunden hatte. Zum ersten Mal in unserer Beziehung fragte ich, warum. Dir fiel keine Antwort ein, weil du dir nie Gedanken darüber gemacht hattest, du hattest ein Recht auf das, was in dir steckte, diese männliche Kraft, die ihren Weg durch die Frauen suchte.

In dieser Nacht habe ich begriffen, ohne es zu verstehen, daß ich die Augen schließen mußte, um mit dir zu leben.

Als wir nach dem Nova das Loft in der Rue Saint-Dominique frühmorgens verließen, hat sich etwas ereignet, worüber wir später nie mehr gesprochen haben. Zweifellos war es eine Art Geschenk, das wir uns gegenseitig machten, mit dem anbrechenden Tag kam auch mein neunundzwanzigster Geburtstag, und du warst der erste, der mir gratulierte.

Solange unsere Geschichte dauerte, war ich voller Zweifel, ob du gesehen hattest, was ich gesehen hatte, wagte es aber nie, dich danach zu fragen, weil es mehr dein Leben betraf als meines, ich habe darauf gewartet, daß du mir diese Frage stellst. Erst als du mich verlassen hast, wurde mir klar, daß du es auch gesehen hattest.

Es war gegen fünf, und wir wollten immer noch nicht voneinander lassen. Annie war mit ihren Freundinnen gegangen, Adam baute mit Hilfe der anderen DJs von Orion das Equipment ab. Wir gingen nach draußen, der frühe Morgen war schon erfüllt von der Wärme des Sommers, das Vogelgezwitscher drang nach sechs Stunden Techno, dessen Echo noch um uns war, wie durch eine Wattewand verzerrt in unsere Ohren. Wir wollten unser Wiedersehen nicht dem Zufall überlassen, das hätte auch erst im Herbst sein können, beim

Schwarzen Loch; etwas mußte geschehen, eine winzige Geste genügte. Da hast du vorgeschlagen, mich zu Fuß nach Hause zu begleiten, das waren von dort etwa vierzig Minuten. Ich zeigte mein Einverständnis wie ein kleines Mädchen, ich hielt mir die Hand vor den Mund, um mein Lächeln zu verbergen, daraufhin hast du mich auf den Nacken geküßt. Erneut machte mich deine Schönheit betroffen. Im Halbdunkel des Loft hatte ich sie erahnt, erraten, entziffert, tastend entdeckt, doch im Licht der aufgehenden Morgensonne, von dem deine Augen schwarz wurden, entzog sie sich nicht mehr, im Gegenteil, sie überfiel mich auf fast erschreckende Weise, so daß ich die Augen abwenden mußte. Wärst du nicht so schön gewesen, hätte ich das nachfolgende Ereignis wahrscheinlich nicht übergangen, und die Welt um uns herum hätte wieder die richtigen Proportionen angenommen. Schönheit ist dazu da, den Blick von der Wahrheit abzuwenden. Die Nacht im Nova hatte keine Spuren auf deiner Haut hinterlassen, dein Gesicht zeigte nichts anderes als die Robustheit der Entscheider und die Frische deiner Jugend. Auch du fandest mich schön, du warst zufrieden, du hattest Nelly Arcan.

Wir machten uns auf den Weg, wir unterhielten uns über Filme, ich kann mich daran erinnern, weil du eine Melodie aus einem Western von Sergio Leone vor dich hin gepfiffen hast, als wir die Rue Saint-Dominique nach Norden gingen, und mich dabei aus dem Augenwinkel ansahst, bis uns der Schrei einer Frau aufschrecken ließ.

Es war kein Angstschrei. Es war nicht der Schrei einer Frau, die geschlagen oder mit einem Messer bedroht wird, es war ein rauher, langgezogener Schrei, der in einem atemringenden Schluchzen ausklang.

Wir blieben stehen und schauten in die Richtung, aus der der Schrei kam. Ein Dutzend Leute hatten sich um die Szene gesammelt, ein paar davon aus dem Nova. Beim Näherkommen sah ich zwei Frauen neben einer dritten hocken, die auf dem Boden saß, den Rükken an die Auslage eines Sexshops gelehnt, in der drei Schaufensterpuppen mit dem gleichen Body aus rosa, rotem und schwarzem Leder standen. Automatisch suchte ich nach der Leiche desjenigen, den sie verloren hatte, aber es gab keine Leiche, es gab nur diesen immer wiederkehrenden Schrei, der das Herz der Stadt zerriß und in dem atemringenden Schluchzen ausklang, abbrach und nach einem kurzen Verstummen, in das alle glücklichen Erinnerungen unseres Abends stürzten, von neuem anhub, untröstlich.

Ich bahnte mir mit den Ellbogen einen Weg, um zu sehen, wer die Frau war, die zu einer solchen Verzweiflung fähig war, Gott, wie schön mußte sie sein. Da sah ich etwas, das ich dir verheimlicht habe: Annies rote Pailletten-Handtasche lag vor ihren Füßen auf dem Boden. Ich wußte sofort, daß sie es war, und fragte mich, was du für sie tun würdest, ich dachte an den Platz an deiner Seite, den ich ihr genommen hatte, und an die, die in den Ketten ihres Schmerzes auf dem Trottoir lag. Ich wußte, daß diese Schreie, die sich mit aller Macht gegen den neuen Tag stemmten, auch meine hätten sein können, und daß unsere Geschichte nicht sein durfte, es würde nichts Gutes daraus entstehen.

Ohne etwas zu sagen, kam ich zu dir zurück; dann ging ich neben dir her, die Handtasche an meine Brust gedrückt, damit sie dich nicht berührt, wie Annie am Abend vorher, ich konnte sie verstehen. Ich überließ es dem Schicksal, sie dir zu zeigen oder nicht, ich habe mit dem Schicksal um den Schmerz gewürfelt, den ich doch auswendig kannte.

Als ich zurückkam, hast du ziemlich fertig ausgesehen, ich dachte schon wieder, ich hätte dich verloren. Du bist die ganze Zeit abseits gestanden, du wartetest auf meinen Bericht. Als du fragtest, ob ich etwas gesehen habe, sagte ich nein. Du hast eine Redewendung gebraucht, die mir ebenso banal wie bedeutungsschwanger vorkam: Jeder hat sein Päckchen zu tragen.

Schweigend nahmen wir unseren Weg wieder auf und hofften, daß das Licht dieses Todes noch Jahre brauchte, um uns zu erreichen. Das Nova war vorbei.

*

Am Trennungstag bin ich unangemeldet bei dir aufgetaucht, das war an einem Abend im Februar. Seit drei Tagen hatte ich auf einen Anruf gewartet, dein Schweigen, das die gemeinsam verbrachte Zeit immer mehr verdrängte, rief bei mir furchtbare Bauchschmerzen hervor, aber ich hatte meine Lektion gelernt und machte nicht mehr den ersten Schritt, außer in einem Anfall von Wahnsinn; der Wahnsinn hat mich an diesem Abend zu dir geführt.

Ich bin zu dir gekommen, damit du mich verläßt, ich wollte mich dir in den Rachen werfen. Ich wußte, daß unsere Beziehung tot war, aber sie hätte noch lange so weitergehen können, es ist gar nicht schwer, eine Frau, die man nicht mehr liebt, in Reichweite zu halten; Gleichgültigkeit läßt einem immer mehr Spielraum in der Liebe.

Seit einem Monat bestand mein Leben nur noch aus Warten: ich wartete tagelang, abendelang, nächtelang darauf, daß deine Nummer im Display meines Telefons erschien, ich wartete darauf, daß du irgend etwas zu mir sagtest, hallo zum Beispiel, es hätte auch weniger sein können, ein Laut, ein Räuspern, ich wartete auf deine Entscheidung, wo und wann wir uns wiedersehen, ficken, miteinander ausgehen würden, ich wartete darauf, daß du mich in Betracht zogst. Ich bestand nur noch aus Öffnungen für dich, die mich zu einer großen Leere machten, und du entferntest dich von mir, um nicht hineingezogen zu werden. Außer auf das Signal deiner Stimme zu warten, machte ich nichts; oft schrieb ich ganze Blätter mit deinem Namen voll und malte mir Szenarien aus, in denen ich die Stärkere war. In meinen Szenarien war ich heiter und unbekümmert und holte mir Lover aus deinem Freundeskreis, ich war Nadine, und als Nadine ließ ich dich an meiner Entschlossenheit leiden und konnte dich tagelang vergessen. In meinem Film warst du nichts.

Als ich an diesem Abend bei dir ankam, tat ich etwas, das ich noch nie zuvor getan hatte: Ich beobachtete dich. Von der gegenüberliegenden Straßenseite konnte ich dich durch das Fenster vor deinem Computer sitzen sehen, wenn auch nur bis zur Taille. Ich sah deine großen Hände eine Zeitlang die Tastatur bearbeiten, dann verschwanden sie aus meinem Gesichtsfeld, sicher hattest du sie nur für einen Moment auf deinen Schenkeln abgelegt, bevor du sie wieder zur Tastatur erhobst, um weiterzutippen.

So stand ich lange Zeit vor deinem Fenster, eine halbe Stunde vielleicht, und sah dir durch den Spalt zwischen den geschlossenen Vorhängen beim Leben ohne mich zu. Es war das letzte Mal, daß ich Anspruch auf die Betrachtung deiner von meiner so unberührten Existenz hatte. Die ganze Zeit dachte ich, so ist also das Leben, so leben die Menschen, und wußte ohne den Hauch eines Zweifels, daß ich sterben würde, weil ich nie so leben könnte wie du, an diesem Abend ist mir bewußt geworden, daß mein Körper seit jeher ohne meine Seele unterwegs war, die immer noch ein wenig in dem Nichts verharrte, dem mich die Geburt entrissen hatte.

Nach einer halben Stunde habe ich schließlich bei dir geklingelt; als du mich vor der Tür stehen sahst, hast du ein wenig gezögert und empfingst mich beim Öffnen mit den Worten: »Ich habe dich nicht erwartet.« Kaum hatte ich dein Zimmer betreten, wußte ich, daß du es mir gestehen würdest; eigentlich hast du mich erwartet.

Über zwei Stunden lang haben wir geredet, vorwiegend über meine Probleme, meine entsetzlich gestörte Person; deiner Meinung nach mußte ich erst gesund werden, bevor ich irgend etwas vom Leben erwarten konnte. Es ging um unsere unvereinbaren unterschiedlichen Blickwinkel; wir hätten uns ähnlicher sein müssen, um uns miteinander wohl zu fühlen. Über zwei Stunden lang hast du meine Hände sehr fest in deinen gehalten, und ich gab dir in allem recht, wenn ich du gewesen wäre, hätte ich mich keine zwei Monate ausgehalten, ich an deiner Stelle hätte mich schon viel früher verlassen usw. Eigentlich hat mich nur mein Tod, der auf den Tag meines dreißigsten Geburtstags fixiert war, so lange am Leben gehalten.

Deine Katze Oréo schlief die ganze Zeit ruhig auf deinem Bürostuhl, und da ich vor deinen Augen nicht weinen wollte, heftete ich meinen Blick auf sie, während wir mechanisch weitergeredet haben, wie man es halt so macht, und irgendwann würde ich durch meinen Abgang den Schlußpunkt setzen.

Du hast dauernd von Freundschaft geredet, während ich in deinen Kragen heulte, für dich war Freundschaft die logische Folge mißlungener Liebesgeschichten. Meine Freundschaft sei dir so wichtig, wir könnten einander doch eine Zeitlang E-Mails schreiben und uns danach als Freunde wiedersehen, ich solle entscheiden, wann es soweit sei. Dann würden wir uns in aller Freundschaft wie alte Kumpel von unserem letzten Fick erzählen und von unseren Karriereplänen, wir würden kurz auf unsere Vergangenheit zurückblicken und gemeinsam darüber lachen, wie wenig wir zusammenpaßten, oh, diese Vorstellung von Freundschaft als Entsorgungsunternehmen. Ich habe erwartet, daß du mich entweder noch liebst oder mich umbringst, du warst so groß, ich habe etwas Großartiges von dir erwartet.

Ein Schrei zerschnitt den Faden deines Diskurses über die Freundschaft, der Schrei war die Antwort. Freundschaft mit dir war schlimmer als dich nie wiederzusehen, das ging ins Komische, bedeutete eine weitere Zerstörung dessen, was schon ganz zerstört war, noch mehr Löcher, bis es nur noch ein Scheißhaufen war, Beschmutzung der Schönheit durch Lächerlichkeit, Freundschaft mit dir hieß, dich bis zum Ende gewinnen zu lassen.

Bei dem Schrei hast du dich von mir gelöst, in dem Moment dachten wir beide an Annie, an den Schrei frühmorgens nach dem Nova. Du hast auch das gleiche gesagt wie damals, du hast von dem Päckchen gesprochen, die jeder zu tragen hat, von dem Kreuz, das man anderen nicht aufladen kann, dann bin ich gegangen.

Josée wartete seit zwei Stunden im Parc Lafontaine auf mich; ich gab ihr meine Autoschlüssel und bat sie, einen Umweg über die Avenue Mont-Royal und die Rue Saint-Dominique zu machen, um ein letztes Mal am Bily Kun und dem Loft unseres After Hour vorbeizufahren.

*

Dein Vater hat im Himmel nach explodierten Sternen gesucht, um das Geheimnis ihres Todes zu ergründen; er war fasziniert von den aufgeplatzten Kadavern im Weltraum, von der degenerierten Materie, den Gasauswürfen, farbigen Fransen wie Fleisch und Blut, die stellare Winde schließlich zerstreuten. Bei den gemeinsamen Mahlzeiten unterhielt er dich und deine Mutter mit dem überzeitlichen Leben der Sterne und ihrer Atome, die ständig mit benachbarten Atomen fusionieren wollen. Die Aufgabe der Atome im Herzen der Sterne bestehe darin, sich zu verbinden, erklärte er, zu verschmelzen, um neue Atome zu zeugen, die genauso verschmelzen wollten, und so weiter, bis sie auf ein nicht reduzierbares Atom träfen, ein Eisenatom. In ihrem Bestreben, ein großes Ganzes zu bilden, sagte dein Vater, gingen die Sterne direkt auf den finalen Auswurf zu, sie rannten geradezu in ihr Verderben; eigentlich war dein Vater ein Liebender, ein Dichter.

Am Ende trafen die Atome mit ihren Fusionen unausweichlich auf das eiserne Herz der Sterne, explodierten in spektakulärer Weise und gebaren weiße Zwerge oder schwarze Löcher; dieser Lichtjahre dauernde Prozeß, in dessen Verlauf Schockwellen aus dem Bauch der Sterne diese selbst pulverisierten, war die »Eisenkatastrophe«. Mein Großvater hätte sich sehr gefreut, deinen Vater kennenzulernen, und beim Diskutieren wären sie unweigerlich zu dem Schluß gekommen, daß Gott ein Eisenkern ist.

So sind die Menschen, scheint mir, sie sterben, weil sie nicht mehr weiterwissen, sie verrecken daran, daß sie nach ihresgleichen suchen und am Ende doch nur die Katastrophe finden.

Auch dieser Brief, scheint mir, ist zu irgendeinem Ende gelangt; er hat unsere Beziehung umkreist und schließlich den Kern getroffen. Ich wollte ihn ans Licht zerren, in ihn eindringen und habe mich nur noch mehr verletzt. Schreiben heißt Felsen beackern, heißt Stücke verlieren, heißt sich den Tod allzu nah vor Augen zu führen. Erklärungen jedenfalls erklären überhaupt nichts, sie streuen nur Sand in die Augen und treiben auf einen Endpunkt zu.

Dieser Brief ist mein Kadaver, er stinkt schon und verströmt seine Gase. Am Tag nach meiner Abtreibung habe ich angefangen zu schreiben, das war vor einem Monat.

Heute vor genau einem Jahr haben wir uns kennengelernt.

Morgen werde ich dreißig.

»Große Schriftsteller wie John Updike, Jonathan Franzen und Nick Hornby haben immer gesagt: ›Anne Tyler gehört zum Besten, was wir an Erzählern gegenwärtig haben.‹« Elke Heidenreich in Lesen!

Daß aus einer großen Liebe nicht notwendigerweise eine gute Ehe wird, müssen die impulsive Pauline und der stoische Michael auf schmerzliche Weise erfahren. Denn als sich die jungen Leute auf den ersten Blick ineinander verlieben, scheinen sie das ideale Paar zu sein. Doch sehr bald verkommt die Familienidylle zum Kleinkrieg, und aus einer Liebe erwächst ein Unglück, das auch das Schicksal der Kinder prägen wird ...

»Ein kluger Roman über das Schlachtfeld Beziehung«
Journal für die Frau

»*Im Krieg und in der Liebe* ist glänzend erzählt und überhaupt kein trauriges Buch.«
Der Spiegel

Anne Tyler

Im Krieg und in der Liebe

Roman

ISBN-13: 978-3-548-60604-0
ISBN-10: 3-548-60604-0

List Taschenbuch

»Ein Buch, das man in zwei Nächten verschlingt«
Der Standard

In einem Pub wird die 28jährige Louisa von einem älteren Mann angesprochen. Nur eine knappe Stunde später gibt sie sich ihm auf einer Gartenbank hin. Was wie eine klassische Affäre beginnt, wird zu einer Beziehung, in der Abgrund und Faszination nah beieinander liegen – die wahre Geschichte einer physischen und psychischen Abhängigkeit bis in den Tod.

Edith Templeton
Gordon
Roman

ISBN-13: 978-3-548-60545-6
ISBN-10: 3-548-60545-1

List Taschenbuch

Leidenschaftliche Frauen zwischen Prüderie, Sehnsucht und sexueller Entdeckungslust

Ahnungsvolle Träume und verstohlene Blicke frühreifer Mädchen, Flirts und Experimente junger Frauen oder Liebesabenteuer und Phantasien erfahrener Ehefrauen – die Heldinnen, gleich welchen Alters, bleiben der männlichen Verführung gegenüber stets souverän und geben nur freiwillig nach – oder auch nicht.
In überraschenden Variationen, mit genauem Blick und aphoristischem Witz bringt Edith Templeton die Geschichte von Liebe und Begehren zum Leuchten.

»Templetons Gespür für Sinnlichkeit und Erotik beginnt bereits da, wo Amor erst seinen Blick schweifen lässt und langsam den Pfeil aus dem Köcher zieht.«
LesArt

Edith Templeton
Die Stunde des Cupido
Erzählungen
ISBN-13: 978-3-548-60640-8
ISBN-10: 3-548-60640-7